GOBOOKS & SITAK GROUP©
U0000346

GOBOOKS
& SITAK
GROUP©

三日月書版

三日月書版

南柯奇譚
NAN KE QI TAN
醉倚欄杆
三日月書版
BL031

南柯奇譚
NAN KE QI TAN

目錄

楔　子　9
第一章　19
第二章　39
第三章　61
第四章　79
第五章　103
第六章　123
第七章　145
第八章　171
第九章　199
第十章　225

南柯奇譚
NAN KE QI TAN
楔子

何曼看見自己要找的人，歡歡喜喜推開玻璃門跑了進去。

「我來啦。」她親熱地打招呼，可是回應她的，卻是一個大大的噴嚏。

「對不起。」裡面的人喘過氣之後，開口向她道歉，「我又感冒了。」

「這有什麼奇怪的？」她翻了個白眼。「誰不知道你是被感冒病毒深愛的男人。」

「妳還是離我遠一點，小心被傳染。」他說話的時候，下意識地拉了拉臉上的口罩。

「無所謂，你看我什麼時候生病過？」何曼在他對面坐了下來。「怎麼只有你一個人？小曹又翹班了？」

「她說去買女性用品了。」他正把手邊的清單擺放整齊，頭也不抬地回答，「妳怎麼會跑過來？」

「又買？按照這種頻率，她早就失血過多而死了吧。」何曼發出嗤笑，然後在桌子底下踢了他一腳，終於說出了自己的目的，「阿秋，我好渴啊，你去對面幫我買奶茶吧。」

對面那家新開的奶茶店天天大排長龍，也不知道到底有多好喝。想喝，但不想排隊。

「小曹昨天排了兩個小時才買到，我覺得妳如果是要解渴可能會先脫水而死。」厲秋瞥了她一眼。「而且妳根本不喜歡喝奶茶。」

「你去幫我買，我當你的女朋友好不好？」她撥弄了一下嫵媚的長捲髮，做了一個眨眼挑逗的表情。

「妳的惡意我心領了。」厲秋面無表情地站了起來。

「這麼緊張幹嘛，我只是隨便說說，反正也沒別人在啊。」何曼看他真的有點生氣，也不敢再跟他開玩笑。「你放心，像我這樣的絕世高手，方圓幾百公尺之內，就算只是風吹草動，也逃不過我的耳朵，有沒有人過來我會不知道嗎？」

「好吧，妳開心就好。」他拿起清單，往倉庫走去。「我還要清點東西，妳找別人幫妳買奶茶吧。」

「厲秋。」她急忙追了上去。「我剛剛看見小曹在十八樓打混摸魚，我去把她抓下來幫你。」

「不用了。」厲秋打開燈，從第一個架子開始清點。「她本來就懷疑妳暗戀我，如果看到我幫妳買奶茶，明天我們就會在這棟樓裡終成眷屬了。」

「你是在嫌棄我嗎？我哪裡配不上你了？」何曼依然思路詭異。「為什麼是我暗戀你，不是你暗戀我然後我終於接受你啊？」

「妳不要來這裡不就好了？」被她一吵，厲秋的頭有點隱隱作痛。「自從妳開始在這裡上班，每天都要過來找我好幾次，別人當然會誤會啊。」

「唉——」何曼突然嘆了口氣，隨便找了個紙箱坐在上面。「對不起，都是我的錯。」

「是嗎？」厲秋處變不驚。

「其實我早就知道你對我的心意了，但這些年我一直因為……所以沒辦法接受你。但是現在不一樣了。」她眨了眨眼睛，努力擺出痛苦的表情。「阿秋，我會對你負責的。」

「什麼？」厲秋終於停了下來，把目光移回何大小姐充滿堅定神情的臉上。「妳又在發什麼瘋？」

「是的，阿秋。我最近一直在反省，自從六年前我們第一次邂逅，你對我一見鍾情，我們兩情相悅，時時刻刻都為對方盡心盡力。你對我更是呵護備至，不但為我準備三餐、寫報告，連考試也冒著生命危險幫我作弊。可是，我一直不珍惜你對我的綿綿愛意。直到今天早上，我才終於瞭解你對我有多麼重要。從這一刻開始，我要對你負起責任，讓我們一起燃燒到天荒地老海枯石爛……」

「九十六號、九十七號……」厲秋自言自語，「九十七號昨天過期了。」

「厲、秋。」何曼跳起來，站到箱子上。「你在聽嗎？」

「有啊。」他低頭勾掉九十七號那一欄，在旁邊寫上備註。「妳不要站在上面可以嗎？」

「我在對你傾訴愛意，你專心一點好不好。」

「好的。」他滿意地點了點清單，「我很專心。」

「我對你的愛……」何曼的嘴角抽搐了幾下，「你和我……」

該死，這齣獨角戲她快唱不下去了。

「不行。」厲秋抬起頭，鏡片下的眼睛笑著看了過來，「不論妳怎樣深愛著我，我也不會幫妳買奶茶，更不會和妳一起搞砸今天晚上的相親。」

「原來……」何曼瞇起眼睛，表情變得有點危險，「你怎麼會知道？」

「早上大姐打電話給我，說妳今晚要去見年輕有為的相親對象。嚴重警告我絕對不能再跟著搞破壞，否則的話，她是不會放過我的。」

「壞人，她怎麼可以這樣！」何曼開始驚慌起來，「我最心愛的阿秋，你不會被強權所迫失去自我意識，棄我於不顧吧？我對你可是……」

「會。」厲秋平靜地打斷她，「我會的。」

「啊，叛徒！」她淒涼地尖叫，「你怎麼可以忘記我們的感情，把我獨自推進火坑呢？」

「我當年之所以幫妳跑腿、作弊寫報告，是因為我大姐看上了妳的小叔。妳跟她說如果讓我當妳的傭人就幫她搞定妳小叔。」這是當年的原話，他記得一清二楚。「厲夏和厲冬也幫妳做了不少苦工，而且厲夏做的比我更多，妳應該更愛她才對。」

「厲秋，你別這麼無情。」她急忙放軟聲調。「你看，我們這麼有緣，從上了大學以後就再也沒有分開，到現在依然被命運之神緊緊地綁在一起，我偷偷愛上你也是有可能的吧。」

「嚴格來說，妳工作的會計公司在三十七樓，而我在地下商場的失物招領處工作。如果不是妳天天跑下來騷擾我，想要碰巧見面也不容易。」

「喂，你夠了吧，我的耐心是有限度的。」何大小姐終於露出了她猙獰的真面目，她把一隻腳踏在架子上，眼中露出凶光。「既然你早就被我奴役習慣了，也不差這一兩次，我們就這麼說定了。」

「不行。」厲秋還是慢條斯理地說，「我已經答應大姐，今天絕對不蹚這趟渾水了。」

「為什麼？幫個忙好不好？」她的口氣繼續軟化下來，「乖，聽話。」

「妳小叔已經是我姐夫了，而且妳也沒有第二個小叔介紹給我的姐妹，我為什麼要聽妳的？」

軟硬不吃？這傢伙真難搞！

「如果你不答應，我就不走了。」她看著地板，想著要不要躺下去。

「也好。」厲秋看了看表。「反正妳還有幾個小時就下班了，大姐拜託我看住妳，她說她會親自過來把妳抓回去。」

「算你狠。」何曼捂住臉，哭著跑了出去，「厲秋，我們結束了。」

厲秋打了個噴嚏。

「我恨你，厲秋。」何大小姐低著頭，帶著哭音以雷霆萬鈞之勢奪門而出。

「我詛咒你出門就被車撞死！」

「怎麼了？」剛要走進來的小曹差點被她撞到，聽到這段話顯然非常吃驚。「你跟何小姐吵架了嗎？你終於拒絕她了啊，可是她那麼漂亮的大美女你都捨得拒絕，你知不知道樓上那些男的……」

她劈里啪啦地自說自話，厲秋捏了捏鼻梁，覺得頭更暈了。

南柯奇譚

NAN KE QI TAN

第一章

君家大宅裡，傳出一陣陣慌亂的動靜。

「快去把胡大夫找來，大少爺醒了，快去啊！」

不一會，這座宅院裡的人都聚集到了院落，隨著時間過去，雖然沒有人敢大聲喧嘩，氣氛卻越來越壓抑。

「大夫是怎麼說的？」君莫舞拉住了從屋裡走出來的丫鬟，語氣之中不無焦急，「不會像上次一樣，只是動了動眼珠吧？」

「三少爺，您先別急，大夫還什麼都沒說呢。」那清秀的丫鬟顯然是被他抓痛了，皺著眉說，「不過，奴婢倒是瞧見大少爺真的睜開了眼睛。在胡大夫下針的時候，出入氣也是分明了起來。」

「這就好，這就好。」君莫舞大大地鬆了口氣，「皇天厚愛，君家列祖列宗庇佑，大哥這回真是逢凶化吉了。」

「明珠、憐秋。」他立刻回頭吩咐，「妳們兩個快去宗祠裡酬謝先祖，這裡有我在就行了。」

「是的，三哥。」兩個樣貌年齡十分相似的少女應了一聲，帶著幾個丫鬟走了。

這時，一陣淒切的叫喊從院門外傳了過來。

君莫舞的眉頭皺了起來，微不可聞地低咒了一聲。

從門口衝進來一個婀娜動人的身影，踉踉蹌蹌地飛奔過來。

「懷郎！我的懷郎啊！」這一聲聲喊得哀婉淒涼，教人汗毛忍不住豎了起來。

「大呼小叫成何體統。」君莫舞冷冷斥喝，「大哥是醒轉過來又不是病況惡化，妳這樣哭喪一樣奔過來也不怕觸了霉頭。」

那女子被他一陣搶白，精緻豔麗的臉蛋剎那時青時白，但礙於身分又不能發作，只好撇了撇嘴。「三少爺怎麼這麼說話，我也只是關心懷郎嘛。」

君莫舞並不理會她，朝後面跟過來的另一個女子發問：「素言，怎麼來得這麼晚？」

素言朝他行了個禮，然後輕聲細語地答道：「回三少爺，我剛才正巧在怡琳房裡，所以……」

「算了，我知道了。」君莫舞沒好氣地瞪了怡琳一眼。

老爺病重，她這個做妾的穿得五顏六色不說，頭上也是丁鈴噹啷，臉上更是紅紅白白，簡直不堪入目。

「三少爺，懷郎他一向最喜歡看見我打扮得漂漂亮亮。我是想讓懷郎一醒過來就看見我美麗的樣子，他一高興，興許馬上就好了也說不定。」為了君莫舞眼裡明顯的不悅，她努力辯解了一下。「本來我想讓素言也好好打扮打扮，可她死活不肯。我一想也對，反正懷郎見慣了她這副樣子，萬一待會嚇到懷郎就是我的不是了，所以啊……」

「夠了。」君莫舞不耐煩地打斷她，「既然來了，就安安靜靜在一旁待著，怎麼妳都還算是我君家的人，別不知進退，徒惹人笑話。」

這世上怎麼會有這麼愚蠢又聒噪的女人，也不知大哥是看上她哪一點，也就是長相身段還過得去，可這性情簡直……同樣是大哥的妾室，她與素言相比真是一個天上一個地下，大哥的喜好實在是讓人捉摸不透。

又等了一會，大夫終於從屋子裡走了出來，君莫舞連忙迎了上去。

「胡大夫，我大哥他……」看大夫臉上沒什麼喜悅的表情，君莫舞的心不由得往下一沉。

「恭喜君三少爺，大少爺醒是醒過來了，而且軀體無礙，日後應能慢慢康復。不過……」胡大夫搖了搖頭，嘆了口氣，然後又點了點頭。

「胡大夫，不過什麼？你倒是快說啊。」他面上客客氣氣，心裡恨不得踹這愛裝模作樣的胖老頭兩腳。

「就如我當日所作診斷，君大少爺之所以昏睡旬月，是由於腦後受創。所以就算是大少爺得以甦醒，這人嘛……」

「什麼？」一聲尖叫搶在君莫舞之前喊了出來，「你是說他真會變成傻子？」

「怡琳，別這樣，讓大夫把話說完。」眼看君莫舞又要發作，素言立刻拉住了失態的怡琳。

「大家先不要著急，事情倒是沒有嚴重到如此地步。大少爺的病症，照醫書上的說法，神智之竅居於耳後，方寸之地有蘊五華，魂魄失神離竅，是為離魂，夫……」

「胡大夫，麻煩你說些我們聽得懂的話，行嗎？」君莫舞咬牙切齒地問，

「簡單來說，君大少爺他……」胡大夫摸了摸自己的鬍子，慢悠悠地說，

「我大哥他到底是怎麼了？」

「他得了離魂症。」

院中一時鴉雀無聲。

「什麼是離魂症？」怡琳用手肘推了一下素言。「聽著好邪門啊。」

素言還沒來得及回答，君莫舞又跳了起來。

「胡大夫，你在這裡胡說八道什麼！」君莫舞恨不得把這庸醫的兩撇鬍子

給扯下來。「我大哥明明是受了外傷，怎麼又跟鬼魅之說牽扯上了？」

「我說的離魂症與那些鼓吹鬼神的江湖騙子可不是一個意思。」胡大夫瞪了他一眼，「我們這頭顱構造奇妙無比，若是遭了撞擊，症狀也是各有不同。尤其有氣血瘀滯，輕則頭暈目眩，重則即刻猝死，有些則會如同三歲稚兒一般懵懵懂懂，還有許許多多奇異症狀……」

「那不就和瘋子傻子一樣？」怡琳小聲嘀咕。

「此言差矣。」胡大夫又賣弄起來。「這瘋癲之症雖然也多是頭顱有疾，但……」

「胡大夫。」君莫舞耐著性子問，「我大哥到底有何種症狀？你可能醫治好他？」

「君大少爺腦中依舊有氣血瘀滯，我會多開些化瘀行血的藥物。」胡大夫又摸了摸鬍鬚，「至於症狀，我方才問他自己姓甚名誰，此刻在何時何地，他猶猶豫豫只知搖頭，怕是傷及記憶。這種情況最是難以預料，說不定明日便記起，也說不定再也記不得了。」

「那他有沒有變傻？」怡琳焦急地追問。

「我剛才試了一試，應當是沒有。」

君莫舞舒了口氣，心放下了一半。

「不記得自己叫什麼，那懷郎不就成了無知的嬰兒？」怡琳嘀嘀咕咕，素言用力拉住她的衣袖，讓她不要再胡說了，結果反倒被她一把抓住。「素言，那我們可怎麼辦啊？難道懷郎以後要和清遙一樣叫我們姨娘？那可怎麼辦才好？」

「來人，送胡大夫。」君莫舞特意提高了嗓子。

「老夫明日再來為君大少爺看診。」胡大夫清了清喉嚨。「大少爺元氣大傷，盡量讓他多多休息，說不定過一兩日就好轉了。」

君莫舞經過怡琳身邊的時候，小聲地撂下狠話：「妳再多說一個字，我立刻把妳趕出君家。」

現在君家主事的人是他，他說的話最有分量，怡琳只能悻悻然地住了嘴。

「素言，妳留下來照顧大哥，至於怡琳，妳回自己房裡待著就好。」君莫舞吩咐完，跟著大夫出了院子。

「聽到了吧，那就由妳照顧懷郎了。」等他走遠，怡琳不耐煩地揮了揮手，「我回去了，這麼早爬起來，還真是累得慌呢。」

說完，怡琳邊打著呵欠邊走開了。被留下的素言望著那扇半掩的房門，輕輕地嘆息了一聲。

厲秋有些昏沉地閉上眼睛，剛才那些人在門外的談話他都聽見了。

其實，從醒過來的那一刻起，他就知道不太對勁。他不認為有哪家醫院的病床會用這種雕滿飛禽走獸的木質床梁，還有繡著精美紋飾的絲絹床帳。

之後，一個打扮古怪的老頭替他針灸推拿了一陣，使他渾身的痠痛稍微緩解了一些，可那老頭之後問的問題卻讓他難以理解。

什麼君家大少爺？什麼青田城？

他很想問清楚，可試了好幾次，都發不出完整的音節。

於是，他只能搖頭。

不知道什麼君家大少爺，不知道什麼青田城。

後來，那老頭子摸著鬍子嘆氣，走出去向那群已經在門口吵了半天的人宣布自己得了「離魂症」。

老頭說得頭頭是道，可他不覺得是那樣。

他沒有失憶，他記得自己叫厲秋，剛剛經歷了一場離奇的車禍。

說起那場車禍……算了，先不管那車禍有多奇怪，現在最讓他憂心的，是自己此刻身在何處？而這有著秀麗長髮和蒼白指甲的身體……真的是他自己嗎？

僅僅一日之後，上京的欽天監大司監府邸就收到了一份急報。

因天氣陰寒而顯得更加幽暗的書房裡，送急報過來的人屈膝跪在地上，另一個人坐在窗邊，手上捧著一塊黃絹正細細看著。

也不知過了多久，報信人跪得腿都僵了，他才把視線從黃絹上移開，漫不經心地問了一聲：「哪裡來的急報？」

「青田城君家。」報信人把頭壓得更低了一些。

「君家？」聽到這個詞，他終於把手中的黃絹放到一邊，問道：「出什麼事了？」

「昨日清晨時分，君懷憂甦醒過來，君莫舞請了胡碩獻過府診治，說是性命無礙，但卻傷了腦子，連自己的姓名都不記得了。」

這句話說完之後，書房裡又安靜下來。

「真是……」過了許久，他輕聲嘆了口氣，「君懷憂這人運氣倒好，受了這麼重的傷也沒死成。」

「主上可有什麼吩咐？」

「下去吧。看緊一點，有事再報。」他揮揮手，讓人退下。

「怎麼會這樣呢？」他對著黃絹自言自語，「明明早該死了，居然又活了過來，連命盤也變得如此古怪……」

黃絹上，層疊交錯的，盡是常人看不懂的文字。那人就這麼側頭舉起，顛顛倒倒地看了很久很久。

厲秋睜著眼睛正在發呆。

不，他現在不再是厲秋，他的名字叫做「君懷憂」。

但是懷憂懷憂，總覺得這名字不太吉利。

「大哥，大哥。」五根手指在他眼前晃動。

「嗯？」他回過神來，掩飾自己的心不在焉，「我是在想『從前』。」

「大哥也別太著急了。」君莫舞坐在床邊安慰他，「胡大夫說大哥的情況很好，不久就能下床走動了。至於以前的事，只要花些時間，總能想起來的，來日方長嘛。」

「是嗎？」他假裝皺起眉頭。「可是我一點印象也沒有，萬一……要是這輩子都想不起來了……」

「那也沒什麼關係。」君莫舞立即說道，「大哥就算一輩子記不起從前，也還是大哥。」

「謝謝你，莫舞。」這些天以來，他開始習慣這些人說話的方式了。

他仔細考慮過，覺得順著醫生的診斷假裝失憶是最安全的。

他照過鏡子，這張臉和本來的「厲秋」完全不像。但要是照實說，這些古代人對「借屍還魂」肯定接受不了，搞不好還會被當成妖魔鬼怪架在火堆上燒了。

至於現在是什麼年代，他上學的時候雖然學過歷史，但僅限於應付考試，只能背朝代順序什麼的。可不知道是不是這具身體撞到頭對他也產生影響，他現在就連朝代順序都想不太起來，更別說年號和皇帝之類的了。

「大哥，你可是想起什麼了？」君莫舞看他表情奇怪，忍不住問，「是不是記起什麼事？」

「不。」他趕緊搖頭，「只是見到家人這麼關心愛護於我，我卻什麼都想不起來，心裡實在焦急。」

這幾天，他已經見過了君家大部分的人。

人不算太多，君懷憂是長子，下面有三個弟妹。他早年娶過妻子，不過因為難產去世，只留了個兒子給他。另外就是他還有兩個妾室，長得豔麗的叫怡琳，另一個清秀的叫素言。

說到偽裝成君懷憂這件事，弟妹兒子都還好，就是這兩個小老婆最讓人傷腦筋。

厲秋家裡有三個性格強勢的姐妹，作為唯一的男孩，從小就接受「尊重女性，為她們服務是我的光榮」的洗腦教育，所以對一夫多妻這種事還挺抵觸的。

但也不能無緣無故把兩個妾室趕出家門，可這兩個小老婆又是跟君懷憂最為親密的人，要接觸多了，說不定會在生活細節上發現他是冒牌貨，到時候穿幫了怎麼辦？他是不是應該找個機會連夜逃走比較好？

不過想歸想，他也知道自己人生地不熟，就算有機會跑出去，也不知道能往哪兒走。更別說古代外出也是需要身分證明，改頭換面這種事根本沒辦法做到。

想到這裡，他的頭更痛了。

「大哥，如果想不起來也不要勉強，養好身體要緊。」君莫舞又再次強調。「反正大夫也說了，這事急不來的。」

這個老三是個老實的孩子，沒什麼心眼，真心實意地把他當成失憶的大哥，總讓他有微妙的負罪感。

也不知道本來的君懷憂去了哪裡，如果他們兩人換了身體，恐怕立刻就會被家裡那幾個姐妹看出來，也不知道會發生什麼慘事。

「等大哥身體再好一些，不如讓素言住進來服侍，比起下人她還是更細心些。」

「不急不急。」他趕緊岔開話題。「莫舞，我聽他們喊你三少爺，那我是不是還有個弟弟？」

這話剛問出來，君莫舞的臉色就變了，連帶著把他也嚇了一跳。

他本來以為是孩子夭折了之類，但君莫舞的反應顯然不對勁。

「是不是不方便說？」他看電視劇、看小說的時候，君家這種有錢人家好像都有點不便多說的隱私，「那就不用……」

「你是我大哥，我們爹娘都不在了，你就是君家主事之人，家裡的事哪有不方便和你說的。」君莫舞嘆了口氣。「不過這事很久沒人提起，大哥不問的話我也不記得。確實，我上面還有一個哥哥，名字叫做離塵。」

「君離塵？」這名字怎麼聽著更不吉利？君家給孩子取名字是不是有點隨便啊。「他是不是已經……」

「不，大哥你誤會了。他還好好的，只是……他十多年前就離開君家，這些年跟我們也沒什麼往來，外頭也不知道他和我們家有這層關係，只當是君家老二早年夭折了。」

「十多年前?那不還只是個孩子嗎?」叛逆少年離家出走?「就算是出走了，一個孩子能跑多遠，當年怎麼沒找回來?」

「這事……其實這對他來說，應該不是什麼壞事。」

「什麼意思?」

「君離塵如今是欽天監大司監，主管禮法祭祀，前年被封了國師，現在是輔國左相，當今皇上年幼，據說對他言聽計從，世人稱他為『天下王』，權力之大非同一般。」

「這麼厲害?」他受了君莫舞的影響，也跟著壓低聲音。「那他這麼有出息，為什麼我們家跟他不來往?」

「雖然沒有改姓，但當年他離開家的時候，是在祠堂和君家祖先斷了關係的，族譜上也沒有他的名字。而且他雖是權臣，名聲其實不太好，大哥你從前就嚴令我不得再提起關於這個人的事，說君離塵弄權干政，是君家之恥。而且我們家之前也不住在這青田城裡，是十年前才遷過來的，所以知道這件事情的，也就我們兩個，比較小的弟妹都不知道。」

「這麼嚴重啊。」他想了想，還是沒忍住，「可是不是有什麼隱情？他一個小孩子，就算做了什麼錯事，怎麼就要被趕出家門？」

算起來頂多也就十歲上下的孩子，能闖多大的禍？就算闖了禍也不至於要被趕出家門吧？

「他跟我們不是一個娘生的？」

「我們三兄弟都是同母所出。」

「哪有親生父母……」看到君莫舞露出了驚訝的表情，他這才意識到自己可能說錯話了。

這些天下來，他對「君懷憂」這個人多少有些瞭解。他就是個滿腦子禮義廉恥的老古板，每天都端著架子，家裡的人對他也是敬多於愛的。

「莫舞，我知道我和從前肯定不太一樣，但我摔了這一下，也算是在鬼門關裡轉了一圈。」他假裝嘆了口氣。「我也想過，不論我從前怎麼樣，往後還是活得真性情一點。人生際遇難測，誰知道什麼時候會發生意外。還有你們也是，大家都活得順心一點，免得到時後悔莫及。」

「大哥你別亂想，胡大夫說了，大哥醒過來後極有可能改變性情。我是覺得大哥比從前放開了些，但那也沒什麼不妥的。」君莫舞果然安慰他說，「大哥經歷了生死，就算不記得從前的事，心中肯定也會有所感觸，想要活得瀟脫些也是正常的。」

他點了點頭，擺出一副感動的樣子。

其實他這些天觀察下來，應該是君懷憂性格孤僻，導致大家沒辦法和他親近。起初這個弟弟在他面前也很拘束，倒是最近話說多了才變得好些。其他人就更不用說了，連那個性格外向的小老婆怡琳，在他面前也不敢大聲說話。

「大哥和我說了這麼久的話，一定累了。」君莫舞站了起來，「不如稍作休息，午飯過後我再過來看望大哥。」

「你去忙吧。」君家在城裡有好幾間商鋪，一家人就靠這個吃飯，不過多半都是君莫舞在管。「我這個樣子，真是辛苦你了。」

一個整天無所事事，非但不賺錢脾氣還很大的米蟲，因為占了長子的名頭，家裡的人就這麼捧著供著，反正他是不太能理解的。

目送君莫舞離開，他從枕頭底下把鏡子拿出來又照了照。

怎麼說呢？

還真是一條很英俊的米蟲啊。

南柯奇譚

NAN KE QI TAN

第二章

在遙遠的上京，剛剛在青田城裡被提到的君離塵，正一腳跨進御苑之中的芳庭閣。

「君大人到了。」帶他過來的女官在說完這一聲之後，就在他身後把門關上。

他心中冷冷哂笑，腳步緩慢地走了進去。

「大人來了啊。」紗帳後傳來女子嬌柔的聲音。

「臣，君離塵，見過太后。」他朝著紗帳後面的人作了個揖。

他在這個王朝的歷史上開了太多先例，不但進得了皇城御苑，就算面對一國之君也不需行叩拜之禮，但是這些還不夠。

「君大人免禮，君大人……」半透明的紗帳後面，穿著錦繡華服的太后不安地絞著手帕。「大人請坐。」

「謝太后賜座。」他慢吞吞地坐到了鋪著金色織錦的椅子上。「不知太后宣召微臣，所為何事？」

「我今日找大人過來，是因為昨夜做了個奇怪的夢，想問大人是吉是凶。」

「哦？」他淡淡地應了一聲，「不知太后做了什麼夢？」

「我夢見……月亮從天上落下，掉進了池塘裡，我想要伸手去抓，可是怎麼也抓不住。」紗帳被撩了起來，露出太后年輕又美麗的臉龐。「君大人……」

「太后請回帳後，如此於禮不合，臣且告退。」他站了起來，作勢要走。

「君離塵！」太后索性掀開紗帳走了出來，一把抓住了他的衣袖。「君離塵，你怎麼就這麼狠心呢？」

「臣惶恐，不知太后所指何意？」他嘴上這麼說，但腳下沒動，也沒有把袖子抽回來。

「你心裡明白，要不是我讓皇上請你過來，你不知什麼時候才肯踏進這御苑一步。你可知道，這些日子我是怎麼過的？」

「臣愚昧，但太后乃是一國之母，理應知道和我這樣的下臣之間是什麼樣的關係。」

「離塵，你別這樣。」她打斷君離塵，整個人靠了過來，雙目淒迷地仰望著他，「我知道，你心裡是苦的。我們雖然沒有天各一方，可卻咫尺天涯。你我今生今世註定了無緣相守。我只求你偶爾來見我一面，讓我這日夜煎熬的心可以好過一些，好嗎？」

「何必呢。」君離塵突然嘆了口氣，彷彿冷漠的面具再也戴不住，他輕輕地皺起眉頭。「妳如今貴為太后，而我只是妳的臣子，就算能見面，也不過是徒增惆悵罷了。」

「這我知道，可是自從我第一次見你，便對你……青天明月可以為我作證，如果能和你長相廝守，哪怕要我……」

「不行。」君離塵伸手捂住了她的嘴。「蒙太后錯愛，可我這一世，怕是沒有這份福氣。」

太后痴痴地看著他，雙目之中落下淚來。

雖然君離塵從來沒有對她明白表示過，但她知道在他心裡，對自己也是有情的。她心裡酸楚難當，忍不住想要與所愛之人依偎取暖。

「太后。」不料還沒靠近，就被君離塵一把扶住了肩膀。「太后似乎有些不適，不如我去傳召太醫，為您開些寧神滋養的藥方吧。」

「不，我……」

「臣告退了。」沒等她反應過來，君離塵已經退到門邊。

被風吹落的玉蘭花瓣落到他黑色的衣袍上，就如同她夢見的碎落明月。

淚水不停從她尚且年輕美麗，卻再也無人能夠觸及的臉頰上滑落。

像是有所感應一般，君離塵扶著門框，回過頭來。

「請太后保重。」他的聲音壓得很低，像是深藏了什麼無法訴說的東西。

「過些時候，臣再來探望。」

說完，他有些匆忙地轉身離開了。

「君大人，請留步。」在御苑迴廊上，太后的貼身女官追了過來。

「怎麼了？」他停下腳步。

「太后讓奴婢把這個交給君大人。」那女官微微地喘著氣。

黑色的漆盤上，有一枝帶著露水的桃花，他把桃花拿了起來，低低地嘆了口氣。

「替我謝謝太后賞賜。」他把花枝小心翼翼地藏進袖子，朝對方微微一笑。

「君大人請慢走。」女官紅著臉低頭走開了。

等到她的身影完全消失，君離塵斂起笑容，又把桃花從袖子裡取了出來。

他把花湊近眼下，聞到了淡淡的香氣。

「真是可笑。」他一邊笑著，一邊甩手拋了出去，桃花順勢在半空劃了一個弧度，落到迴廊邊的池塘裡。

在落水剎那，花瓣被打碎離開了花萼，化作一片片殘紅跌入深色的水面之中。

三年後，青田城君家門外，來了一輛馬車。

「大少爺，您回來啦。」門房撐了把傘，為剛下車的君懷憂擋住細雪。

「嗯。」他拍了拍斗篷上的積雪，站到傘下問道：「三少爺回來了嗎？」

「一早就回來了，在大廳候著您呢。」

他點點頭，跟著門房進了大門。

「爹，您回來啦。」

才進門，又有人迎了出來。

「清遙，連你也到家了？看來今年我是最後一個回來的。」君懷憂笑著拍了拍兒子的肩膀。

他的獨子君清遙今年十三，是元配難產生下的唯一子嗣。

他只覺得沒多久之前，這孩子還是剛到自己腰間的小不點，可誰想一轉眼去了書院再回來，就已經是一個英氣勃勃的少年了。

這一轉眼，就已經過了三年。

「爹這回可猜錯了，三叔還沒到家呢。」君清遙一手挽住父親的手臂，興高采烈地說，「我們和去年一樣再灌醉三叔，讓他摟著柱子大哭一場好了。」

「沒到家？不是說一早就回來了？」

「先前倒是回來過，可一下就被吳管事叫走，大概是從側門走的。」

「也不知是什麼事。」君懷憂皺起眉。

吳管事一向很有分寸，不知道是什麼事讓他大年夜地過府叫人。

「吳管事好像是要找爹，可能在路上錯過了。看他的樣子倒不像急事，不過也不及平日裡那麼多話。」君清遙回憶著，「我沒聽見他們談了什麼，他就說了幾句，三叔就跟著去了。」

「那就別管了，讓你三叔心煩吧。」君懷憂拍拍他故作成熟的臉。「今天晚上是團圓飯，什麼事都等明天再說。」

君清遙笑著點了點頭。

「你兩位姨娘呢？」他又問，「上午不是從碧峰寺回來了？」

「姨娘和姑姑們都在，琳姨大概在房裡，還沒出來，素姨和姑姑們還有二叔房裡的寶姨在準備晚飯還有明天酬神的東西。」

「是嗎？」他們說話間，已經走到了廳堂。

「相公。」眼尖的素言馬上迎了出來，「這會雪下大了，我們正擔心你要被阻在路上。」

「這不是回來了嗎？」他把脫下的斗篷遞了過去。

妹妹們和寶雲見他進來，都過來行禮問好。

「大家別太勞累。」他轉過頭，對素言說，「別太隆重，還神的時候心意到了就好。」

「我知道了。」素言點頭答應。

「寶雲。」他對君莫舞的小妾說，「妳有身孕，明天還神就不要去了，在家裡歇著吧。」

「謝謝大伯關心，可寶雲還是想去還神，祈求君家上下來年平安。」

「那妳自己小心一點。」他想著過幾天就和莫舞談談，等寶雲把孩子生下來怎麼都該把人家扶作正室了。

「相公，要不要去把怡琳叫出來？」素言湊過來輕聲問他，「也是時候準備給祖先們上香了。」

「也好，這半個月可把她悶壞了吧。」君懷憂笑了笑。「難得她能待到和妳們一起回來。」

「才不是呢，大哥。」插嘴的是最小的憐秋。「怡琳時常一個人溜到山下的鎮上閒晃，她才不無聊。」

「要死了，誰在說我的壞話？」正說著，怡琳已經一身紅豔地走了進來。

「喲，怡琳姐，妳今天可像一枚好大的紅包呢。」君明珠誇張地大叫了一聲，「好喜慶啊。」

「過年總要擋擋煞氣。」怡琳嗤了一聲，又轉向君懷憂嬌笑。「相公，你看我打扮得可好看？」

「當然。」君懷憂點了點頭。「好看極了。」

「那相公今晚上……」

「妳們忙妳們的吧，」君懷憂對女眷們說，「我去書房了，等莫舞回來了再叫我。」

怡琳還要說話，卻被素言拉著走了。

「清遙，你來。」他對兒子招手。「跟我說說，這半年在書院裡都學到了什麼？」

父子二人相攜去了書房。

「我們去廚下瞧瞧。」素言把怡琳拉著往廚房走。「妳替我想想有沒有遺漏什麼。」

「素言。」怡琳呼了口氣，整個人無精打采的。「妳看看我，是不是青面獠牙、年老色衰了啊？」

「妳在胡說些什麼呢？」素言嚇了一跳，連忙用手去摸她的額頭。

「那妳說，這幾年他為什麼待我們這麼冷淡？」怡琳撥開她的手，坐到迴廊的椅子上。「我知道他也一直沒去過妳房裡，妳說他這是怎麼了啊？」

「相公他太忙了，自然就……」

「妳說他撞壞了頭，是不是連那玩意也撞壞了呀。」怡琳越說越覺得可能。「定是這樣的沒錯，不然的話，他這個年紀怎麼可能一點也不想呢？」

「妳別亂說話。」素言恨不得把她的嘴給封住了。「被人聽到可不得了。」

「妳心裡也是這麼想的，對吧。」怡琳篤定地說，「我就說呢，他從前也不是愛弄我，但過幾日都會來上一回，可這三年裡竟是一回也沒有，肯定是那裡壞了。」

她說完號了一聲，素言生怕她驚動了廳堂裡的其他人，趕緊拿手堵住了她的嘴，把她往後院裡拖拉。

一路跑到房裡關上門，她好一會才把氣喘勻了。

「妳幹什麼呢？」怡琳被她一路拉著，頭髮都被扯亂了。「妳看看妳……」

「妳這是瘋了啊！」素言抓著她的手，把她推到角落裡。

「我怎麼了？」怡琳被她氣笑了。「難道我說錯了？其實相公每天都往妳這跑，只睡妳不睡我嗎？」

「妳今日在外頭胡說八道，要是被嘴碎的下人聽見了到處傳話，往後相公的名聲還要不要了？我們倆還活不活了？」

怡琳一愣，想要反駁，可最終還是抿了抿嘴唇沒有說話。

「我知道妳心裡委屈，但有些話不能亂說。」

屋裡又是一陣沉默。

「素言，我今年才二十八啊。」過了好一會，怡琳幽幽地說，「若是跟了別人被這麼冷落，我就另外找個相好了。可我這不是……不是喜歡他嗎？他是我相公，我喜歡他想跟他睡，這有什麼不對？難道妳敢說妳不喜歡他嗎？」

素言低下了頭。

「要是從前的那個相公我才不在乎，可這一個，他多好啊。」

素言猛地把頭抬了起來。

「妳以為就妳看出來了?」怡琳瞅著她笑了起來。「三少爺,還有清遙,就算是那兩個小丫頭,大家都裝做不知道呢。摔壞腦袋忘了事就能變了個新的人,也就我們那傻相公覺得真能瞞過去。他做生意那麼精明,有些時候偏偏過於天真可愛。」

「那妳……想怎麼樣?」

「還能怎麼樣?難不成要跑出去跟人說,君家大少爺如今不是原本的他了,三年前他被孤魂野鬼占了身子?」怡琳給了她一個白眼。「就算我不被當成瘋子,也要被他們幾個兄妹趕出門去,到時候豈不是便宜妳了嗎?」

「沒人會信的,而且相公他……他待我們這麼好,我們不可以害他。」

「誰要害他了?我是想睡他!」怡琳把她推開,到妝臺前整理頭髮。「不過要真是野鬼,說不定那地方還真是不行。」

素言跟著低頭瞎想,整個人顯得恍恍惚惚的。

晚些時候，她們回到廳堂，隔了一會怡琳又湊了過來。

「那裡不行說不定是因為他陰氣重。」怡琳小聲地在她耳邊問，「妳說，我們明日去廟裡正好弄點香灰給他去去陰氣，他是不是就能行了？」

素言手一抖，嚇得把剪刀掉在地上。

她正想讓怡琳不要亂來，卻見外頭有人走了進來。

「三少爺回來啦。」她趕緊站起來行了個禮。

怡琳也很敷衍地跟他問好。

「又在跟誰生氣？大過年的，妳倒也不消停一會。」君莫舞解下了披肩，遞給走過來的寶雲，「總有一天，大哥吃不消妳這壞脾氣把妳趕出門，看妳還張不張狂？」

他不知道，這下正好踩了怡琳的痛腳。

「我跟我相公的事，不勞三少爺操這份閒心。」她恨恨地走了，末了還撂了一句「真是多事」。

「她這是怎麼了?」君莫舞倒有些莫名其妙。「平日裡說她，也沒這麼容易生氣啊。」

「怡琳近來心情不好，三少爺就別和她計較了。」素言嘆了口氣。

「大哥呢?他可是回來了?」君莫舞四處看了看。

「相公已經回來了，正和清遙在書房呢。說是見您回來讓人去叫他。」

「不用了，我過去吧。正好有事要找他談，今日晚飯延後一些時間吧。」

素言應了聲，君莫舞則懷著心事，匆匆往書房去了。

「大哥。」君莫舞在書房門外喊他。「我回來了。」

「你進來吧。」君懷憂的聲音傳了出來。「清遙去前頭看看有什麼想吃的，叫廚子做來嘗嘗，我和你三叔說會話，等等就出去。」

君清遙和君莫舞打過招呼便走了。

「大哥。」君莫舞把門關上，走到了書桌邊。

「是不是上京那裡的分號出了什麼事？」君懷憂神色平和地問。

「被官府封了鋪子，連主事的王管事也被抓下大牢。」

「什麼時候的事？」

「五天前，半夜裡封鋪抓人。」

「王來儀這人向來不太牢靠，要不是看他為人老練，人面也廣，我絕不會把上京的分鋪交給他打理。我料想他最多不過飽些私囊，沒想到他居然有膽子做什麼大事。」

「說是在我們的玉器行裡，找到了日前官家失竊的東西。那事主像是刑部官員，當夜就帶著官兵趕到了。」君莫舞皺起眉頭。「我們在上京剛剛站穩腳跟，這一下恐怕是要白費心血了。」

「封鋪倒也算了，我是怕這事再有什麼變化。」

「既然是王管事私下行事，把他抓進去該罰就罰，總不會牽連到我們身上吧。」

「我總覺得這事透著蹊蹺，就算是收了賊贓，也沒有公然在鋪子裡買賣的道理。」

「那依大哥的看法，應該怎麼辦才好？」

君懷憂站了起來，繞著桌子走了幾步：「得去一趟上京。」

「既然這樣，等年節過了我就動身去上京。」

「不，還是我去。」君懷憂搖了搖頭。「寶雲過不了一兩個月就要臨盆，你還是留在家裡照應她。」

「可是……」

「我還沒去過上京，這一趟就當是開開眼界，瞧瞧國都的繁華氣象。」君懷憂走到窗邊，推開窗戶望見白茫一片，心情極好，「瑞雪豐年，大吉大利。」

「大凶？」

同一時刻，千里之外有人皺起眉頭。

眼前的卦像是「上有六龍回日之高標，下有衝波逆折之回川」。

照卦面直譯，是為大凶，暗示前方波折重重，但又生意不息，曖昧不明。

他衣袖一掃，把卦籌都掃到了地上。

「這是什麼意思？」他喃喃自語，「竟一連兩卦都是這樣。」

上一卦，是「未必逢矰繳，孤飛自可疑」。

這兩次占卦的結果雖用詞不同，但卦意卻沒什麼區別。

不無生路，但危難也不曾離棄。

「來人。」他略微抬高聲音。

「主上。」他隨身的侍從立刻出現在門邊。

「通知刑部，前幾日抓起來的那批貢生裡，鬧得最凶、叫『馬璽』的那個，把他給放了。」

「是。」

「還有，」他停了一下，才接著說，「我聽說他寄居在京郊的方華寺裡，最近那一片好像不怎麼太平，方華寺是百年古剎，有不少歷年來收藏的名家字畫。我想這大過年的，萬一碰上殺人劫財的江洋大盜，這一寺的和尚書生可怎麼辦呢？」

「江洋大盜心狠手辣，確實喜歡挑那種地方下手。」侍從附和著他的說法，「恐怕到時候，這一寺的人都要遭殃。」

「聽說他是禮部江大人的遠親，明日你把江大人送來的東西退回去。就說我心裡明白，小孩子不懂事我不會計較，人我這就放了。再替我恭喜他一聲，有這麼一個鐵骨錚錚的侄兒，確實是後繼有人啊。」

「是，小人記住了。」

他揮了揮手，侍從作了個揖後便退下了。

「可憐夜半虛席前，不問蒼生問鬼神。」他帶著淡淡的戲謔就著燭光自嘲，手裡卻又重新擺了一卦。

卦像是「丹青不知老將至，富貴於我如浮雲」。

他笑了一陣，一抬袖又再次把卦籌全部掃到了地下。

「富貴於我如浮雲？」他冷冷一笑。「就算是浮雲，也要由我來決定聚散合離，你們這些鬼神又知道什麼？」

他推開窗，晴朗天上落下一片浮雪，在他手背上即刻就化開了。

「再怎麼高潔，還不是從天上落下，又被輾為塵土？」他盯著那一抹水漬，有些出神，「此時落雪，清煞出行，來年大凶。」

看來，世事如棋，變化又至了。

南柯奇譚

NAN KE QI TAN

第三章

上京的三月已經漸漸褪了陰寒，漸綠的樹梢帶來了春日的氣息。

「爹，你這就要出去了？」君清遙把頭探進門裡，看見父親已經換好了外出的衣衫。

「對，我和喬大人今晚有約，他說要為我餞行。」君懷憂把玉佩上的穗子整理好，「你收好東西早點睡，明天一早我們就要動身了。」

「爹你也要早點回來，還有……」他吞吞吐吐地說，「盡量少喝點酒。」

「論到嘮叨，你最近快比得上你三叔了。」君懷憂走過去，沒好氣地敲敲他的頭。「我把你帶來真是自找麻煩。」

「總之，爹你要小心些。」

「這是怎麼了？」君懷憂覺得這孩子的性子越來越像君莫舞了。「別處都不如上京繁華，這裡物產奇貨也多，你有什麼想要的，趁早讓老馮陪你去買，過了今日也不知何時才會再來這裡了。」

「爹。」君清遙皺著眉頭，書院裡都是男子，他的那些同窗也有些喜好男色的，他有心提醒父親留意那喬玉京，可要和父親說這種事又覺得有些奇怪。他父親平日裡敏銳聰穎，但在這方面實在是十足愚鈍，偏偏又引人喜愛而不自知。

君清遙嘆了口氣，畢竟是去酒樓赴宴，應該不會出什麼事吧。

「懷憂，我們再喝一杯。」喬玉京端起酒杯，一直湊到了他的嘴邊。

「不行，我喝醉了。」君懷憂擋不住他的手，索性就掩住自己的嘴，瞪著眼睛對他說。「我是真的不能再喝了。」

喬玉京看他眉眼微醺的撩人模樣，心裡的那把火燒得更旺盛了。

「酒不過三巡哪裡會醉？況且你方才不是還說這酒清淡宜人嗎？」他拉住君懷憂的手，放軟了聲音勸他。「我們再喝一杯，最後一杯，可好？」

其實這酒雖然入口清洌，但後勁十足，他自己喝的時候偷偷兌了水，君懷憂卻是實實在在喝了許多。

「是嗎？」君懷憂把手抽了回來，扶住自己發沉的頭顱，「我還沒醉嗎？」

「當然沒有了，這才喝到哪呢。」喬玉京又靠過來握住他的手。

君懷憂避開後把酒杯接了過來，微微皺了下眉頭。

喬玉京看著他，一時間心神搖曳，露出了掩飾不住的痴態。如今要是君懷憂還留著幾分清醒，肯定能看出這人對自己心懷不軌。

只是他今日是真的喝多了，非但什麼都沒看出來，還端著酒杯朝喬玉京笑了一笑。

他膚色白皙，眉梢鬢角帶了點微紅，含著水汽的眼角微微彎起，與平日裡清雅端正的模樣大相徑庭，卻又是另一種誘人姿態。

他抬起頭，將那杯酒喝了下去，但動作太大又漏了一些出來，將唇色潤得越發鮮豔。

喬玉京忍不住咽了口口水。

「今日這麼高興，我們再喝一杯吧。」他聲音都有些啞了。「要是真醉了，不回去也沒什麼關係。」

「不回去？」頭快低到桌子上的君懷憂重複了一聲，突然又坐直了身子。

喬玉京一呆，拿著酒杯的手停在半空中。

「不行。」他猛地站了起來，「我回去了。」

他站得搖搖晃晃，把一旁的熱湯打翻到喬玉京身上。

等喬玉京把衣服擦拭乾淨，他已經一個人跌跌撞撞地跑到門邊。

「懷憂。」他跑過去一把拉住君懷憂，「天色還早，你我尚未盡興，怎麼就要回去了？」

「要回去了……明早上……」

君懷憂和他拉拉扯扯，不小心絆到門檻，整個人踉蹌著摔了出去。

他們兩人喝酒的雅間在二樓，門外正對著樓梯，喬玉京沒能拉住他，就連驚呼都來不及，只能眼看他搖搖晃晃地朝著樓梯摔了過去。

君懷憂也看到了樓梯，可惜他腳下控制不住，只好本能地揮舞著雙手，想抓住點什麼讓自己站穩。

沒想到真讓他抓住了。

他一隻手抓著，然後另一隻手摟著，整個人朝眼前的「物體」貼了上去。

「真是好險。」他靠在被自己抓著的東西上，大聲地喘氣。「還好我身手敏捷……」

他說著，低頭往下看了看，只不過酒勁上來，眼前的東西都是層層疊疊的。

「這樓梯扶手怎麼這麼高……」他一個人自言自語，周圍也沒有人搭理他。

嘀咕了好一會，君懷憂終於覺得氣氛不太對勁。他迷迷糊糊地抬起頭，和喬玉京正面對上了。

「喬大人，我沒事。」喬玉京臉色很差，想必是在擔心他，他趕緊安慰對方說，「你看我抓住了一個……」

一個……一個什麼？

君懷憂這才想到要看看「救命恩物」的模樣。

摸著挺舒服，哎，這料子可不一般。還有這頭髮，比黑色的錦緞還要烏亮，皮膚也比怡琳白上許多，不過就是沒什麼血色。還有，這漆黑的眼睛，怎麼這個人……看著有點眼熟？

君懷憂依偎在穿著黑色錦綢的人身上暈暈乎乎地看著，無端生出許多疑惑來。

君懷憂是醉得厲害，可喬玉京沒醉啊。

喬玉京清清楚楚地看見了，君懷憂是怎麼抓住了正從斜對面雅座裡走出來的男人。非但一把抓住，他還靠著人家上下其手，從衣服一直摸到了那人的臉上。最要命的是，君懷憂抓著的這個男人可不是一般人，他是一個真正「要命」的男人啊！

「下官喬玉京，見過輔國大人，見過右丞相。」喬玉京膝彎打顫，面色如土地跪了下去。

「原來是喬侍郎啊。」另一個穿著暗綠色衣衫的男子從後面探出頭來。「既然大家都身著便服，又不是在朝堂之上，就不要這麼多禮了。」

「下官惶恐，下官……」

「啊，清遙，你來接我啦！」君懷憂突然大叫一聲，把所有人嚇了一跳，喬玉京更是一時腿軟坐到了地上。

看了半天，君懷憂終於認出來了，這不就是自家的孝順兒子嗎？

「你什麼時候長這麼高了？」他又問。

居然比為父還高了半個頭，這孩子有點不孝啊。

「這位是什麼人？」輔國大人開了口，語氣十分溫和。「喬侍郎，是你的友人嗎？」

重新爬起來跪好的喬玉京流了一脖子冷汗。

這上京城裡人人都知道權勢滔天的輔國大人有一副神仙似的皮囊，但這皮囊下到底藏著什麼，這世上也沒人敢多想。

「回大人，此人是下官的友人，啊不，我、我與他就是萍水相逢，只是點頭之交而已。」喬玉京結結巴巴地回話。

「只是點頭之交？」後面的右相又開口了。「喝得這般歡暢，我看倒像是摯友歡聚呢。」

「右相大人說笑了，我倆真不是什麼知交好友，只是小聚之中他不勝酒力，所以……」喬玉京慌了神，急急忙忙想要解釋。

輔國左相執掌軍機賦稅，右相主管刑獄司法選任官員，兩位皆是位高權重，而且他們二人明明政見不合，整日裡明爭暗鬥，偏偏表面上還要裝得像是好友一般。這朝廷裡但凡捲入他們的爭鬥之中，就沒有一個能善終。

他做夢也沒想到，自己居然會在這裡撞見這兩個瘟神。

「是嗎？令友看來倒像是喝醉了……」右相韓赤葉探頭看了看君懷憂，愣了一下。「這位公子的樣貌還真是如皎皎明月，似天上仙人啊。」

「不對。」被誇作仙人的君懷憂正抓著「兒子」看來看去，越看越不對勁。

「你是清遙嗎？我怎麼覺得你又有點像是莫舞？」

「這位公子怎麼喝得這麼醉，連人都認不清了。」韓赤葉轉了轉眼珠，「你面前這位可是當朝的輔國左相君離塵君大人。」

「君……離塵？」君懷憂聽是聽到了，腦子反而更加糊塗。「這名字，怎麼有點耳熟……」

「君大人名動天下，耳熟是應該的。」韓赤葉走上前。「但這位公子在大庭廣眾之下，這樣拉著君大人不放，實在不太雅觀，不如就由我……」

只不過他的手剛剛伸出去，就被人給推開了。

「君大人？」韓赤葉驚訝地看著有些反常的君離塵。「你這是……」

「這人實在大膽。」君離塵瞇著眼睛笑了，「要怎麼罰他才好呢？」

「他就是喝醉了……」韓赤葉開始擔心起來。

「韓大人熟知律法，能不能告訴我，我朝有哪一條法令允許醉酒之人冒犯朝廷命官？」

「這……」

「既然沒有，略施薄懲也不為過吧。」他抓著君懷憂的肩膀，使力讓君懷憂抬起頭來，「依韓大人看，我們該怎麼處置這個醉漢呢？」

「這個……」韓赤葉深知這人喜怒無常，也拿不准他想做什麼。「既然他冒犯的是君大人，您做主就好。」

「就像韓大人說的，他倒是長了一副好相貌。」君離塵笑了一聲。

「若是論到樣貌，君大人也是不遑多讓啊。」韓赤葉摸了摸自己的下巴，中肯地評價。

「喬侍郎肯定不這麼覺得吧。」君離塵一眼瞟過去，看著臉色死白的喬玉京。

「輔國大人言重了。輔國大人是仙人轉世，怎麼是俗世中任意一人可比的。」喬玉京額頭的冷汗不住滴落，也不敢擦上一擦。

他總覺得對方一眼就看透了自己那點齷齪的心思。

「是劃花這張臉好，還是打斷這雙手好呢？」君離塵喃喃自語，像是真的在這兩個選擇之中搖擺不定。「不如，你自己來選吧。」

「啊，我想起來了。」君懷憂抬起頭，對著他笑了，「離塵，你是君離塵。」

君離塵變了臉色。

「你最近過得好不好？為什麼都不回家看看？」酒氣上衝，君懷憂打了個哈欠，強打著精神問道，雖然他可能都不知道自己在問什麼。

君離塵笑了起來。

「你是哪位，有什麼資格認識我？」他用手指扣著君懷憂的下頷，強迫他抬起頭來。

「怎麼了？你是不是在外面過得不好？」君懷憂睏得厲害，不過還是強打起精神。「沒關係，有我在呢。明天就……和大哥一起回去……」

「對了。」他說到一半突然轉過頭去，開始對喬玉京介紹，「喬大人，這是我們家離塵，他是我多年不見的二弟。」

別說是喬玉京，韓赤葉臉上也露出了吃驚的表情。他眼睛一轉看向君離塵，發現他未有反駁之意，心裡便有了一番計較。

君離塵臉上既無喜色也無怒容，只是冷眼看著這個「大哥」。

「離塵，我睏得厲害，等我醒了……」話沒說完，君懷憂已經依偎進了他的頸項，將全身的重量靠到了他的身上。

懷裡的醉鬼呼吸平緩，竟是真的睡著了。君離塵瞧了瞧不遠處的樓梯，正想著要伸手推開他。

「恭喜大人與兄長久別重逢。」這時，韓赤葉又湊了上來。

君離塵瞇了瞇眼睛，抓住君懷憂的手臂，把人往喬玉京的身上推去。

喬玉京忙不迭地把人接住。

「既然我的『大哥』喜歡喝酒，那喬大人好好陪著他喝吧。」他居高臨下地俯視著，「怎麼能讓我的『大哥』獨自醉酒呢？」

第二日清晨，終於在馬車裡清醒過來的君懷憂有些心神不寧。

「清遙，我昨晚……」

「爹，您已經問了不下十遍，我也回答您十遍了。我想您應該已經聽清了吧。」君清遙對他露出一個敷衍的笑容。

「我總覺得……不太對勁。」他躺在那裡揉著還在發暈的額頭。

「哪裡不對？昨晚酒樓的伙計送你回來，說您和喬大人都喝得爛醉。爹，不是我愛說，我不是勸您少喝……」

「知道了知道了，我保證下回絕對絕對不會貪杯。」君懷憂轉了個身，把頭埋進靠枕裡面。「我頭好痛。」

「您看看您，差點誤了正事。」君清遙語重心長地嘆了口氣。

「好了，清遙你嘆氣也用不著學你三叔的樣子啊。」君懷憂心裡發虛，聲音漸漸低了下去。

剛來這裡的時候，他磕磕絆絆鬧了許多笑話，君莫舞就時常會這樣對著他嘆氣，一副恨鐵不成鋼的樣子。他甚至覺得這個老實乖巧的弟弟其實早已看穿了什麼，不時感覺心虛得厲害。

「爹，我知道您與人交往講究赤誠，但也不能半分戒心也沒有啊。」君清遙忍不住開始嘮叨。「上京不比青田，此處龍蛇混雜，更有許多人會仗著權勢行惡，你昨晚醉得不省人事，萬一遇到了什麼心懷歹念之人……」

「好了好了，我知道了。」君懷憂捏了捏自己的脖子，覺得宿醉的滋味確實不怎麼好受。「不就是應酬喝多了嗎？我一個大男人，怎麼被你說得像小姑娘一樣，難不成我喝醉了還會被人占便宜嗎？」

說完他自己都笑了起來。

君清遙恨鐵不成鋼地望著他，看著他笑得頭又痛了起來，在那裡「哎喲哎喲」地叫喚。

「您若是經不起別人勸酒，怎麼就不能吐在手巾裡，或者是喝幾杯就假裝已經醉了呢？」

「清遙可真是長大了呢。」君懷憂立刻用驚訝的目光，看著這個在他以為還很稚嫩的孩子。「這書院沒有白去，居然都知道這種事了。」

「爹，我在和你說正經事。」

「我也不是在取笑你。」君懷憂像是又想起了什麼，「你前陣子和我說你不考官試，可你讀書那麼好，是不是有些可惜。」

「我是長子，當然是要繼承家業的。」君清遙抿了抿嘴唇。「還是爹您希望我走上仕途？」

「我沒什麼希望不希望的，看你自己想走哪條路。我們人生在世不過百年，正值身強力壯、可以隨意支配的時間，最多不過幾十年，何必違背自己的心意呢？」君懷憂笑著拍了拍他的頭，「我和你三叔之所以努力經營家業，存些田地錢財，也是想讓你們這些孩子有所依靠，可以沒有顧慮地過自己想要的生活。如果將來你們覺得累贅的話，把店鋪田地轉讓變賣了也行。不過你三叔可能會有意見，再怎麼說也算是祖產……」

「爹，你別岔開話題，我什麼時候說過想要考科舉當官的？變賣祖產也是不可能的，若是這話被三叔聽見了，他定是要氣死。」

「那你就有興趣行商？那倒也不錯，回了家以後，不如先試著管理城東的米鋪好了。」

「真的？那……爹，我們不是在討論這些！」好險，差一點又被老爹耍得團團轉。「我們是在說今後您可得改改脾氣，別一味地遷就別人。」

「我也沒辦法啊，習慣成自然啊。」

「習慣？」君清遙一愣。

「我是說習慣了和氣生財，應酬就是這樣的。」說錯話的君懷憂有點不太自在，「你還小，長大一點就會明白了。」

看他擺明就是在敷衍自己，君清遙也不好再多說什麼。

只是看著這樣的父親，他心裡真的有些發愁。

南柯奇譚

NAN KE QI TAN

第四章

君清遙不再嘮叨以後，君懷憂隨著馬車前行而昏昏欲睡起來。

所以當馬車被截下之時，他猝不及防地撞到了車廂壁上，發出了巨大的聲響。

「喲。」君懷憂扶著撞得眼冒金星的頭顱茫然四顧。「怎麼了這是？」

「噓——」旁邊的君清遙一把捂住他的嘴，面色十分凝重。

君懷憂一愣，隨即朝兒子點點頭，示意他可以放開手了。

他小心地撩開車簾，看見車隊前頭站著一群蒙著面、手裡還拿著武器的人。

劫匪？在官道上有人搶劫？這讓在古代已經習慣了平凡生活的君懷憂覺得十分魔幻。

「來的可是青田城君家的車隊？」一個像是頭領的人上前走了幾步，「讓你們主事的出來說話。」

聽對方的口氣，像是特意要攔下自己一行人，那無非就是要綁架勒索。君懷憂用手勢安撫兒子，前後張望了一下，看了看四周的環境。

這段道路狹窄偏僻，兩邊都是山壁，對方顯然是做了準備前來攔車。

「清遙，你別出去。」他按住兒子，慎重地囑咐。「如果有什麼事，就自己想辦法逃走，知道嗎？」

君清遙臉色發白，咬著下唇點了點頭：「爹，你自己也要小心。」

他拍了拍兒子的頭，起身走了出去。

「大少爺。」隨行的管事和僕人們一看他走了出來，立刻圍攏過來，站到他的周圍。

「各位英雄。」君懷憂走到前頭，微笑作揖，「在下君懷憂，不知各位為何要攔下我們的車隊？」

為首的蒙面人向後使了個眼色，後面便有一人點了點頭。

真是衝著自己來的嗎？君懷憂一愣，腦子裡閃過可能和自己有過節的人物。可他一個正經做生意的，就算有些小摩擦，也不可能有誰會大費周章，在這荒郊野外攔截自己。

而且這裡距離上京也不算太遠，不太可能會有劫道求財的歹人。

「各位攔住去路，不知是否只求錢財？要真是那樣，只希望各位不要動手傷人，我們隨身倒是帶著不少財物，就算盡數拿去也沒關係。」

「君老爺不要誤會，我們不是為了區區錢財而來。」為首那人見君懷憂擺出十分配合的姿態，言語上倒是客氣起來。「我們今天攔住老爺，無非就是想請老爺幫我們這幫兄弟一個小忙。」

「幫忙？」君懷憂驚訝地問，「我能幫得上什麼忙？」

「聽說君老爺有一位小公子，今次正是和君老爺同行而來。」

「這是什麼意思？」君懷憂臉色一變。「你們想做什麼？」

「君老爺請放寬心，我們絕不是要為難小公子。」那人一使眼色，一把把明晃晃的刀劍架到了君懷憂和隨從們的脖子上。「君老爺，你們都是細皮嫩肉的斯文人，和我們這些粗鄙的武夫可不一樣。我勸你還是不要輕舉妄動，要是有什麼三長兩短可就不好了。」

君懷憂只好微仰著頭，看著他們把君清遙從馬車上抓了下來。

「不知我和各位有什麼過節，竟讓各位以一個半大的孩子當做要脅？」看見君清遙被帶到了他們中間，君懷憂忍不住焦急起來。

「我們知道君老爺只得一子，一向愛護有加。這才斗膽請小公子跟我們回去小住幾天。只要君老爺幫我們辦妥一件事，我保證將令公子毫髮無損歸還君家。」

「是什麼事？」君懷憂皺著眉問，「我不過是一個小小的商人，而且現在還遠在這人地生疏的上京。除了錢財之外的事情，我恐怕是有心無力了。」

「君老爺也許真是人地生疏，但要說有心無力，恐怕未必吧。」那人冷笑，「君老爺難道忘了，您不還有一位權勢滔天、呼風喚雨的兄弟就在這上京之中嗎？」

「什麼？」君懷憂並沒有聽明白，「什麼呼風喚雨……」

「實不相瞞，我們這次就是要以命換命。我們有一位朋友，正是得罪了君老爺的貴親，被他加罪入獄，此刻正被關押在刑部的死牢裡等候問斬。」那人說到這裡，不由得氣憤起來。「不過是莫須有的罪名，竟能讓一位勞苦功高的大將軍身首異處，可不正是仰仗貴親一手遮天的好本事？」

「我的兄弟？你是說……」君懷憂不敢肯定地追問，「君離塵？」

「不錯。」那人冷哼一聲，「那位『天下王』君離塵君大人，不就是君老爺你一母同胞的親兄弟嗎？」

「這……」君懷憂更加不安起來。「我想，各位英雄是誤會了。君離塵和我們君家早年就脫離了關係，這麼多年未曾有過往來，你們現在想要以我的兒子要脅他，是一點用處也沒有的。」

「君老爺可不要胡亂搪塞我們。」那人目光一閃。「昨夜我親眼看見你和他在聚華樓裡舉止親密，哪裡像是一點情分也沒有的樣子？加之君離塵當時也沒有否認，君家和他的關係現在上京裡已經是傳得沸沸揚揚。」

「昨夜哪裡……」君懷憂正要否認，一個畫面卻閃過他的腦海。

黑色的錦綢上，散落著如絲一樣光澤閃耀的長髮。

「就算真沒有，如今我們也只能冒險一試。離處斬只有三日，要是在這三日之中，我們沒有辦法以令公子換得葉定華將軍的性命，那麼，我們也只有對不住君老爺了。」

「不行！」君懷憂顧不得架在脖子上的利劍已經劃破皮膚，慌忙大喊，「你們這不是強人所難嗎？」

「正是。」那人朝他抱拳。「我們對不住君老爺，不過，要怪就怪您那個專權弄政的兄弟。要不是他，今天君老爺和令公子也就不會身處這般險境了。」

「如果你們真要人質，就抓我去好了，反正也沒什麼區別吧。」君懷憂手一揮，揮開了架在脖子上的長劍。

「這可不成。」那人搖頭。「有你君家單傳獨子在手，我才信你們不會耍什麼手段。」

「你、你們這是……」

「君老爺，得罪了。」那人突然拔刀一揮。

「啊——」眾人一陣驚呼。

君懷憂只覺右肩一涼，疼痛的感覺卻慢了一步才傳到意識裡，鮮血從傷口湧出，不一會就浸染了他半邊雪白的衣裳。

他咬著牙拚命忍耐，才沒有丟人地大叫起來。

「爹！」君清遙知道父親一向最怕疼痛，平日裡連劃破手指都會臉色發白痛上半天，何況是這麼重的刀傷。「你別和他們爭辯了，想想別的辦法也好，我自己會小心的。」

尖銳的疼痛讓君懷憂的嘴唇都白了，也不知為什麼，他現在的身體對於疼痛的感受強了十倍不止。這一刀劃過，就算劃得不深，也是痛得徹骨，讓他眼前止不住陣陣發黑。

「這只是向君老爺和貴親表示我們的決心。如果三日之後，在城郊千仞崖上，我們見不到完好無損的葉將軍，那麼令公子身上可不會只有這麼一道小小的傷口了。」說著，那人示意手下收起刀劍。

君懷憂晃了一晃，幸好一旁的管事見狀扶了他一把，才幫他穩住了身形。

「煩勞君老爺轉告君離塵，我們可不是那些手無縛雞之力的書生，由著他擺布宰割。」說完之後，那些人抓著君清遙，片刻之間，一行人便在山路上撤得乾乾淨淨。

四周一片寂靜，大家只覺得像是做了一場惡夢。

「大少爺！」管事一把扶住軟倒的主子，眾人這才一擁而上，七手八腳地把君懷憂扶到了馬車上。

「大少爺，這可怎麼辦啊？」眾人面面相覷，面上一片愁雲慘霧。

他穩了穩神智，勉強開口：「王管事，你先和大伙回上京總鋪。吳管事，你找一輛輕巧的馬車，送我到輔國左相君離塵的府上去。」

「大少爺，您這刀傷很重啊。」吳管事嚇了一跳，「不如先送您去醫館包紮一下吧。」

「不用了，只是皮肉小傷。」的確不怎麼嚴重，只是十分疼痛而已，「我自己會處理，快去準備。」

一時間眾人亂作一團，君懷憂則緊皺眉頭，只感覺痛得快要暈了過去。

一輛馬車衝著左相府急馳而來，引得路人紛紛側目。

「吁——」駕車之人大汗淋漓地在門前停下馬車，氣也顧不上喘一口，就朝車裡喊道：「大少爺，我們到了。」

接著那車夫就跑去用力敲門。

遠遠圍觀的人臉色都變了，底下竊竊私語著說這人怕不是瘋了，居然敢這麼敲左相府的大門。

「什麼人膽敢在這裡放肆。」一群高大的侍衛從打開的門裡走出來，把車夫嚇得摔下了臺階。

這時，那輛停妥的馬車裡走下一個人，直把圍觀的人群嚇得驚叫起來。

這人一身淺色衣物半邊都被鮮血染成了紅色，看著十分嚇人。

「你是何人？」侍衛問他，「可知道這裡是什麼地方？」

「麻煩為我通傳一聲。」他的聲音有些沙啞，「告訴君大人，就說君懷憂有急事求見。」

「君懷憂？」君離塵停下了書寫的動作。

「是，那人自稱君懷憂。」

「他……」君離塵沉默了一會，微微抬起眼睛。「沒說為什麼要見我？」

「屬下問過，他要求見了大人再說。」侍衛稟告，「他受了外傷，應該是刀劍所致。」

君離塵眸光一閃。

「雖然外傷似乎並不嚴重，但看他神色痛苦，像是還有內傷在身。」見他許久沒有說話，通報的人斗膽問道：「不知……」

「讓他進來吧。」君離塵抬了抬手。

「主上。」過了好一會，門口終於傳來聲音，「君懷憂到了。」

覺得等了太久，君離塵難免有些不快，也不從椅子上站起來，只是坐著等他進來。

「君大人。」君懷憂氣息不穩地作了一揖。

君離塵仔細一看，只見君懷憂那白色的衣衫上，觸目驚心地染了半身的血漬。

「君大人？」見他沉默不語，君懷憂不由得皺緊眉頭。

「哦？」慢慢從桌上拿起茶盞，君離塵有些淡漠地說道，「我說是誰，不想真是君家大少爺蒞臨寒舍。」

「不敢。」他不開口讓坐，君懷憂只能站著。「草民厚顏登門，是因為忽遇橫禍，前來懇請大人相助。」

「你為什麼覺得我會幫你呢？」君離塵輕輕吹開盞中的浮葉，斜眼看著他。

「君大人位高權重，是國之棟梁，但凡還有別的辦法，草民也不敢過來驚擾大人。」君懷憂勉強地微笑著，努力保持清醒，「草民家人有難，如今唯有君大人能夠相助於我，君大人如此寬宏大量，一定會不計前嫌施以援手的。」

君離塵的動作一頓，隨即笑道：「如果我說不行，豈不是成了心胸狹窄之輩？也罷，你先說來聽聽吧。」

「草民有一獨子，今日與我一同動身離開上京。不想在離京之後，官道上突然衝出一群蒙面歹徒，將草民之子擄走。」君懷憂咬了咬牙。「不知他們是從何處得知，說我和你……不，是草民和君大人曾經是……舊時親友。因此，指明要在三日之後，用我的兒子和君大人交換一名欽犯。」

君懷憂聽完，表情絲毫不變地放下手中的玉盞。

「葉定華？」君離塵帶著笑。「我就知道，他們果然還是賊心不死。」

「不錯，正是那個叫葉定華的人，不知……」看著他的笑臉，君懷憂的心裡感到忐忑不安。

「不行。」君離塵打斷他。「此人是欽命要犯，好不容易才將他緝拿歸案，三日之後就要問斬，事關國家根本，絕無轉圜餘地。」

君懷憂的心往下一沉：「那麼小兒的性命……」

「君大少爺。」君離塵冷漠地看著他，「江山社稷與白衣草民，這孰輕孰重，就不用我多說了吧。」

「可是……」

一聲脆響打斷了君懷憂的爭辯。

「大少爺如此明白事理，定然也知輕重。」君離塵看著地上自己打碎的白玉茶盞，然後再看向他，笑著說，「不如就寧為玉碎，不為瓦全吧。」

君懷憂的心終於沉到了谷底，一時間面色灰白，連站都站不穩了。

「不過，再怎麼說，我與大少爺是同胞兄弟，那孩子也算是我的親侄兒，真要不聞不問，傳了出去也不好聽。」高高坐在主位上的君離塵又說，「大少爺可是不計一切都要救出我那侄兒吧。」

「只要能救出清遙，」君懷憂抬頭，對上君離塵那雙幽深難辯的眼睛，「就算是要我傾其所有，也沒什麼關係。」

君離塵瞇起眼睛，像是有些不相信所聽見的。

「這『傾其所有』我倒是有些不信的。」他說，「除非……」

君懷憂茫然地看著他。

「金錢於你於我也許算不得什麼。」他笑著說，「可君大少爺你最愛惜名聲自尊，我就不信你會自毀顏面，跪下來求我。」

見君懷憂看著他發呆，君離塵不由冷冷一笑，然後卻瞧見君懷憂也跟著笑了。

在君離塵有些錯愕的注視下，他一撩衣衫，雙膝重重地跪在了地上。

「君大人。」君懷憂雙手合十，一副在廟堂拜菩薩的虔誠姿態。「求您答應幫助草民，搭救草民的獨子，您的大恩大德草民沒齒難忘。」

君離塵嘴角微微一抽。

他故意刁難君懷憂，是自認對這個人十分瞭解。知道這傢伙自命清高、迂腐古板，且不說自己在他眼裡是個「佞臣」，還是他的親弟，就算是死他也不可能朝自己下跪。

沒想到這人卻想也不想就跪了，沒有半點不情願，還一副恨不得要給自己磕頭的架勢。

「我也沒說你跪了，我就答應你啊。」

「總也有個機會，我得跪了再說。」君懷憂想了想，覺得可能自己沒有做到位。「不如我再給大人磕個頭吧。」

「不用了。」君離塵站了起來。

兩人四目相對，君離塵放緩了表情，又笑了一聲。

「我倒是小看你了。」他慢慢搖頭，一臉無奈地說，「不過就算你跪在這裡求我，我也不好答應你什麼。若是開了這個先例，以後再有人把君家什麼人綁去，要拿我頭顱交換，那可怎麼辦才好？」

君懷憂聽到這裡終於明白，這人就是逗自己玩呢。

他倒是不介意屈辱不屈辱，一路上他也想清楚了，君離塵這邊八成是指望不上，只是總要試試。如今確實沒指望，他也不能在這裡浪費時間。

「既然如此，我也不再打擾大人了。」他立刻從地上爬了起來，朝君離塵拱了拱手。「就此告辭。」

他這麼爽快地斷了念頭，君離塵倒有些驚訝，忍不住往前走了兩步。

不過君懷憂的傷口只是草草包紮，一路顛簸又失了不少血，此時站得太急，只覺得眼前發黑，晃了一晃就直直地往地上倒去。

君懷憂正對著倒下去的地方，是他剛才打碎的玉盞。君離塵一驚，幾乎是本能地伸出雙手一把抱住了君懷憂。

恍惚之中，君懷憂只覺得自己跌入了一片黑色錦綢之中，來不及覺得眼熟，便已經暈了過去。

君懷憂是被痛醒的。

要命的疼痛像尖針一樣扎刺著他，讓他硬生生從昏睡中驚醒過來。

但這醒也是半昏半醒，他的神智依然模糊，只知道有不少人在他身邊走來走去。

「他為什麼總在喊痛？」他隱約聽見有人問道，「不是說傷得不算太重嗎？」

「這……下官以為這位公子體質異於常人，對於疼痛感觸敏銳，就好比拿一根針輕輕扎一下，他也會覺得像是被割了一刀。如今他身上有這麼一處刀傷，對他來說這種疼痛近乎常人斷了肢體。」一個蒼老的聲音回答，「他此時高熱不退，也正是因為這個原因。」

「這世上居然還有這種病症？」問話的聲音隱含輕蔑。

「雖說例子不多，倒也是有的，多數是天生如此，也有曾經受過重創導致。」

「行了，既然沒什麼大礙，你回宮裡去吧。」

「是，下官告退了。」

然後，屋裡又寂靜下來。

君懷憂覺得好像有人靠了過來，遮住燈火讓他的眼前蒙上了一片陰影。是誰？清遙嗎？不對，清遙他……

他努力睜開疲累的雙眼，凝聚著視線想要看清楚。

「你醒了？」那人背著光，看不清面目的樣子。「倒是萬幸，不然你死在這裡，我可能還得被安上一條罪名，說我滅絕人性，謀害兄長。」

是君離塵。君懷憂完全清醒過來，也回想起之前發生的事情。

「你想去哪裡？」君離塵冷眼看著想從床上爬起來的君懷憂，問他：「你有可去之處還是有可求之人？」

「天色已晚，我不便打擾大人。」滿頭冷汗的君懷憂盡力站了起來，「三日期限迫在眉睫，我還得趕回去另想方法。」

「方法？什麼方法？」

「不論什麼辦法，我也要把清遙救回來。」

「照你目前的樣子，連這扇大門也走不出去。」

「只是小傷，就不勞君大人費心了。」君懷憂說完，扶著牆往門口走去。

可君離塵偏偏擋在了他的面前。

「這點小傷就讓你痛得死去活來？」他冷冷笑道，「你現在不痛了？還是原本就是裝樣子給我看的？」

「啊——」君懷憂痛叫一聲，驚愕地看著握在自己傷處的那隻手，汗水一滴一滴滑落下來。「你……做什麼……」

「方才有人告訴我，你有種怪病，一點痛也不能忍。」君離塵笑著說。「我就是覺得有趣，也不太相信這世上會有這樣奇怪的毛病，我想只是君大少爺太過嬌生慣養了吧。」

他的手一用勁，鮮血從層層白布之中滲透出來，君懷憂新換的衣衫又染紅了一片。

君懷憂只覺得痛徹心腑，腳下一軟，站也站不住，君離塵直到看他出氣多入氣少，才大發慈悲地鬆了手，把他推回床上。

「你、你做什麼？」君懷憂伏在床沿，大口大口地喘著氣，話都說不連貫，「你……你既然不肯幫我，現在、現在又攔著我幹什麼？」

「我改主意了。」

「什麼？」君懷憂抬頭看著他。

「我說，我改變主意了。」君離塵正拿著手巾，抹去指間沾到的鮮血。

「什麼主意？你願意幫我？」君懷憂心中疑雲大起。「為什麼？你想要我做什麼？」

「你也不是那麼傻嘛。」君離塵扔開手巾。「我改變主意是因為我想過了，讓君大少爺欠我這麼大一個人情，總也有用得到的地方，再掙個愛護侄兒的好名聲，這些都不是什麼壞事。」

「以君大人今時今日的地位，君家這些私產能入得了君大人的眼嗎？」

「我看上的，不是你的家產。」君離塵雙手抱於胸前。「至於要大少爺用什麼來交換，我暫時還沒有想好。」

「什麼意思？」君懷憂愕然地問，「你是說你願意幫我救回清遙，但要我欠你一個人情，日後你有什麼要求，我都不能違背，是嗎？」

「大致說來，是這樣。」君離塵點頭，「不過，最後的決定，當然還是在於你自己。」

這和逼他同意有什麼區別？

「我雖然不認為自己有什麼值得君大人賞識的地方，但既然君大人這麼看得起我，我也不能不知好歹了。」君懷憂也冷了臉，「小兒之事，還有勞君大人費心。」

「太見外了，怎麼還稱呼我大人啊？大哥。」

君懷憂打了個寒顫。

「君大人這是……什麼意思？」

「你是我的兄長，你的孩子就是我的侄兒。侄兒有事，我這個做二叔的當然不能置身事外了。」

聽到他這麼說，君懷憂更是滿腹懷疑。

「大哥，你就好好休息吧。」君離塵帶著笑往前走一步。「其他的事，就交給我了。」

君懷憂微微退開了一些。

「我真是不小心，大哥的傷口又裂開了，一定很痛吧。」君離塵的臉上浮現出一絲擔憂，「我這就派人把王太醫請回來，重新為你上藥包紮。」

君懷憂懷疑地看著他，迷惑於他前後截然不同的態度。

「多謝君大人關心。」他僵著臉笑了一笑。

「一家人別這麼生疏，大哥，喊我離塵就行了。」

君懷憂充滿疑惑地看著他，眉頭依然緊鎖著。

君離塵笑著，似乎是在等他的回答。

「離……離塵……」他只能硬著頭皮喊了一聲。

「就是這樣，大哥。」君離塵開心地笑了。

君懷憂長長地嘆了口氣，徹底被這個反覆無常的君離塵弄糊塗了。

南柯奇譚

NAN KE QI TAN

第五章

到了約定那日，君懷憂坐在輔國左相府華美恢宏的大廳裡，焦急萬分地等待著。

「怎麼還不回來？」他憂慮地自言自語，「去這麼久了……」

要不是君離塵執意不讓他跟去，他也用不著在這裡乾等。

「大公子不用擔心。」那個像木頭一樣的總管忽然開口，嚇了他一跳，「主上親自前去，小少爺一定會平安歸來的。」

「不論是誰，都不要有事才好。」他雖然不太喜歡那個自私冷酷的君離塵，但說到底大家都姓君，很難把他當成無關緊要的外人看待。

這時候，門外有人走了進來。

「多謝大哥關心，我們都平安無事。」君離塵和今早外出的時候沒什麼兩樣，一身華衣錦裘，一副輕描淡寫的模樣。

「清遙！」看見他身後完好無缺的君清遙，君懷憂喜形於色地跑過去一把抱住自家兒子，上上下下打量著。「沒什麼事吧？」

「沒什麼。」覺得不怎麼好意思的君清遙，用手推了推開心過頭的自家老爹，「多虧這位君大人救了我。」

君懷憂看見一向鎮定的兒子面色蒼白，心裡知道一定發生了什麼事，但當著君離塵的面他也不好多問，於是說道：「來，先謝過你二叔。」

「謝謝……二叔。」多少已經猜到這一層關係，君清遙也沒有太多驚訝。

「不用，一家人守望相助是應該的。」君離塵脫下外袍，接過下人送上來的茶水，坐到了主位上。

「爹，你的傷不礙事了吧。」君清遙回過頭來，盯著自己的父親。

「沒事了，只是有一點痛而已。」他拍了拍兒子的頭。

知道他說痛就是痛極了，君清遙不由地流露出不忍。

「大哥還真是教子有方。」君離塵開了口，「我這侄兒一脫險立刻就張口問你怎麼樣了，有這樣孝順的兒子，我實在是為大哥高興啊。」

「是啊。」君懷憂把兒子拉近身邊，「清遙一向十分懂事。」

「不知大哥現在有什麼打算？」君離塵半垂眼簾，像是隨口問問。

「明日一早，我就會和清遙離開上京。」

「我以為不妥。」君離塵「嘖」了一聲。「今日未能將那些賊人全數殺了，最後還是脫逃了幾個，大哥現在離開上京，路上要是有個萬一就不好了。」

「什麼？」君懷憂聞言一愣。「你今天是去……」

「亂臣賊子，得而誅之。和他們談條件，何異於與虎謀皮？」君離塵淡淡地說著，「況且葉定華擁兵自重、敗壞軍紀、功不抵過，早在三個月前就已經被我密令處決了。」

君懷憂只覺得清遙的手微微一顫，心知君離塵一定是用了什麼血腥殘忍的手段才把人救了出來，將他驚嚇到了。

「那我和清遙就在上京多留一段日子，等過些時間再動身。」他用力握住兒子的手。

「既然如此，你們父子二人就在我府上住著好了，我這裡總比君家的商鋪更安全。」

「這……」君懷憂不知他是什麼意思，一時也拿不定主意。

「大哥難得來到上京，也算是讓我一盡地主之誼。」君離塵笑著對他說，「這裡和自己家並無區別，大哥就別再和我客氣了。我剛才已經讓人把你們的行李取了過來，就安心在這裡住下吧。」

他又是這樣，明著是請求，其實卻教人無法拒絕，還有那個用來交換的「要求」……到了這個地步，似乎一切也由不得自己，只能走一步算一步了。

君懷憂低頭看了看兒子，點頭說：「既然如此，就要打擾二弟了。」

這一住，就住了一個多月。

日子倒是出乎意料地平靜，甚至由於君離塵平日事務過於繁忙，就算想見他一面也不是什麼容易的事。除了這座大宅太過安靜之外，也沒有什麼讓君懷憂覺得特別不自在的地方。

難得空閒下來，他就教君清遙一些計算與管理方面的知識。君清遙生性聰明，很多東西一教就會了，到後來實在沒什麼好教，他們也不好隨意出門，只能用不太擅長的天文地理跟兒子打發時間。

這天晚上，他帶著清遙在後院的觀星臺上，教他識別星宿。

這座宅院原本是君懷憂擔任欽天監大司監時的府邸，後院之中特意用青銅鑄了一座觀星臺，造得十分精美。這幾天天氣晴朗，他們父子二人晚飯後多半的時間就耗在這裡了。

「那一顆是天樞，又叫做貪狼。」

「這天樞又有什麼故事嗎？」這幾天聽故事聽上癮了，君清遙又纏著他講故事。

「其實這些故事都是前人杜撰出來的，所謂命運星象，無非是牽強附會。人們不過是尋找一種心靈的寄託，等你真正瞭解了這個世界，就會知道我們所認為的廣大世間和這浩瀚星空相比，實在連一粒微塵也稱不上。」

「那麼說來，什麼神怪仙人也都是假的嗎？」

「那也並不一定，神祕玄奇的事也不是沒有。」眼前的自己正是一個活生生的例子，只不過不好拿來舉例。「但也總是能解釋的，只是我們現在還不知道，總有一天人們一定可以解開一切事物的奧祕，這些玄幻故事也就不再神祕難解了。」

「我聽人說，觀天象可以知過去曉未來，那是真的嗎？」

「不知道，我只知道星宿的軌跡有規律可循。但能夠透過星星知道世界上發生過或者將要發生的事，我總覺得太過誇張了。」

「那不就是假的？」

「也許真有什麼辦法能夠推敲出什麼也說不準。你忘了，你二叔曾經主管星象曆法，應該比別人有更深入的瞭解。也許有機會該向他請教請教才對。」

「爹。」君清遙的面色突然一沉，「您還是離那個二叔遠一點得好。」

他沒敢告訴自己的父親，那位二叔那日是如何可怕、如何殘忍。哪怕都過去一段時日，如今想到那個人，他還是會忍不住背脊發冷。

「我明白你的意思，但有些事直接面對總比避而不談要好。再怎麼說，你稱呼他一聲二叔，他就是我們君家的至親。」

「可是，他真的非常地……」

「人生下來都是一樣不知善惡，你二叔也一樣。」

「我就是覺得二叔他很可怕。」

「清遙，哪有人生來性情就冷漠殘酷？我總覺得你二叔如今這種性格，君家多少要負一些責任。」君懷憂嘆了口氣，「如果他和你一樣，一直被人寵愛著長大，也許就不會是這樣了。」

「爹，您不是常說假設永遠只是假設嗎？」

「是這樣沒錯，不過只要一想到他那麼小就離開家，也不知遭逢了什麼變故變成如今這樣，總覺得有些……」

「您總是這樣心軟。」君清遙皺起眉頭，「我看您這只是一廂情願，二叔也不一定是真心把我們當作他的親人。這事十分蹊蹺，您要小心他的用意才是。」

「是啊。說起來，父子反目、兄弟成仇也不是沒有。」君懷憂無奈地托著腮，遙遙看著天上。「不知什麼時候，清遙會把我當作仇人也不一定。」

「爹，您又在說傻話了。」君清遙大翻白眼。

「人生本來就是南柯一夢。」君懷憂站了起來，長長地伸了個懶腰。「好睏，回去睡覺吧。」

「這不是還沒說故事嗎？」

君清遙只能瞪著眼睛，看著自己聽了風就是雨的父親朝自己擺擺手走了。

隔著花窗遠遠站在另一頭的君離塵「哼」了一聲。

什麼骨肉親情？這君懷憂果然是個傻子，要不是為了……

「不知道是不是要遵守什麼特別的禮儀？」君懷憂微皺著眉，看向一派悠閒的君離塵。

此刻他們正同坐在一輛寬敞的馬車上，朝著上京中央的皇宮前行。

一切源於昨天傍晚時分，君離塵突然拿了兩身衣服過來，笑咪咪地宣布要帶他們父子二人進宮參加皇帝十五歲的生辰大宴。

君離塵的邀約當然是不容拒絕的，於是他們父子二人只能按照吩咐，坐上這輛大得有點誇張的馬車，前呼後擁地趕往皇宮。

「禮儀？」君離塵放下了手中的奏疏，漫不經心地回答，「沒什麼需要太過注意的，和平時一樣就行了。大哥本就風采不凡，隨意一些反倒更顯灑脫。」

「還能這樣的嗎？」君懷憂喃喃自語。

君離塵一定是別有所圖，但他究竟在計畫些什麼呢？自己又有什麼值得他利用呢？君懷憂望著車窗外高聳的朱紅宮牆，一股沒來由的沉重壓到了心頭。

君離塵坐在對面仔細地打量著自己的「大哥」。

他這個大哥還真是樣貌出眾，留在上京定然是大有用處。

君懷憂轉過頭來，正對上君離塵烏黑發亮的眼睛，不由得一愣。

君離塵的眼睛又深又暗，看著看著，整個人彷彿都快被吸進去了。那不就是何曼常說的魔性之美嗎？

君懷憂摸了摸自己的臉，頓時覺得車裡有些悶熱。

說是為皇帝慶生，結果皇帝也沒出來，他們被帶到了一處漂亮的宮殿裡，接著就開始和一堆不認識的人吃飯喝酒。

君懷憂有些失望，他其實還挺想看看活著的皇帝是什麼樣的。

「大哥在想些什麼？」

「沒有沒有。」他趕忙坐直了身體。

「這位是右相，韓赤葉韓大人。」君離塵笑著為他介紹，「韓大人自幼聰明絕頂，只用了六年的時間，就從吏部侍郎升遷為右相，堪稱我朝的棟梁之才。」

「君大人謬讚了，我不過就是有點官運而已，君大人才是人中龍鳳，不世奇才啊。」那人朝著君懷憂笑了一笑。「這位就是君懷憂君公子了，那夜匆匆一見，也沒來得及說上幾句，我心裡一直遺憾著呢。今夜得以在此重逢，終於讓我得償所願了。」

「韓大人太客氣了。」君懷憂看著眼前這個氣質清朗的男子，心裡倒是很有好感。「但是我們好像不曾見過啊。」

「君公子那晚喝醉了，應當是不記得。無妨，就當大家是初次見面，既然你是君大人的兄長，以後便稱呼我『赤葉』就好。」

「這……」君懷憂轉頭看了看君離塵。「韓大人是當朝丞相，我怎麼可以……」

「我與韓大人同朝為官，平日裡也素有往來，大哥無需太過生分。」君離塵也笑著對他說。

君懷憂低聲應了，卻總覺得這兩個人之間的氣氛有些怪異。

「離塵，你可看見清遙了嗎？」他左右張望了一會，卻沒有找到自己的兒子。「他怎麼不在自己的席位上？」

「席上都是上京的世家子弟，年輕人坐不住，興許是帶著令公子跑到園子裡去玩了。」韓赤葉回答他，「懷憂兄不用擔心，不會有什麼事的。」

君懷憂倒不覺得自家兒子會闖禍，但心裡總有些不安。

「唉——」韓赤葉突然嘆了口氣，「且不說君大人這樣世間罕有的人物，懷憂兄也是風采卓然，你們兩位的品貌皆是出類拔萃，貴府定然是得天獨厚的風水寶地了。」

「韓大人過獎了。」君懷憂笑著說，「我們君家只是鄉野草民，離塵能有今日皆是他自己的本事，若不是他，我哪有機會見識這金碧輝煌的宮殿，哪能和韓大人你稱兄道弟呢？」

等君懷憂有機會從宴客的宮殿裡溜出來，已經是大半個時辰之後的事了。

他望著月光下寧靜的湖泊，呼出長長的一口濁氣。

他回頭望了一眼燈火通明的宮室，覺得那裡頭的人是真不容易。

君離塵……真不容易。

冷風一吹，酒意也去了幾分，他稍稍扯開綁得太緊的髮髻，讓發痛的頭皮透透氣。

不過不容易歸不容易，這個人也實在是讓人看不明白。

剛才大家排著隊給他敬酒，一個個都是這個大人那個大人的，他也不知道該怎麼應付，君離塵就一直在旁邊笑咪咪地看著，好像存心想讓那群人把他灌醉一般。

「懷憂兄，你怎麼一個人躲在這裡啊？」

他一轉身，看見了不知什麼時候站在自己後面的韓赤葉。

話說，這人也是有些奇怪。

「韓大人，方才多謝你為我擋了許多酒。」他有些不好意思地說，「在下不勝酒力，再喝下去恐怕就要醉了，所以這才跑出來透透氣。」

韓赤葉的目光突然有些迷茫，看著他念了一句：「天寒翠袖薄，日暮倚修竹。」

正當君懷憂茫然不知所措的時候，卻有另一道聲音傳了過來。

「怎麼我酒量粗淺的大哥還沒醉，韓大人卻先醉了？」君離塵神出鬼沒地從他身後那片竹林裡走了出來，笑著說，「怎麼能把我大哥比作佳人，若是被別人聽去了，可是要生出誤會。」

「哎呀。」韓赤葉眼珠一轉，拍了拍自己的額頭，「你看看我，喝酒喝得眼都花了。只怪月色朦朧，懷憂兄又恍似謫仙。我頭昏眼花的，連讚美都口拙詞窮，說得這般不倫不類，懷憂兄你可千萬別生氣啊。」

君懷憂連忙搖頭說「不會不會」，心裡卻不知為何挺緊張的。

「我看大家都有了醉意，不如就此散了吧。可不能誤了明日的早朝。」

「是啊。我這就回去讓大家散了，君大人和懷憂兄也早些回府休息吧。」韓赤葉道別後便往回走了。

湖邊只剩下了他和君離塵兩個人。

「清遙也不知去了哪裡。」他乾笑一聲，試圖找個話題緩和尷尬。

「我讓人去找了，找著了會直接送回去的。」

「那我們……」他手足無措地抓了抓脖子。

「我們回去吧。」君離塵笑著，突然伸出手來攙扶他。

也許他是真的有點醉了，又或者是此處光線昏暗，他覺得眼前的君離塵看起來蒼白又孤獨。

這人明明高高在上，權勢滔天，但在他眼裡彷佛孤苦無依，與這世間格格不入。

他也不知道自己哪來的膽子敢這般妄想，但他就是控制不住自己，仗著這股衝動，一把抓住了君離塵伸過來的那隻手，把人拖到自己面前，然後緊緊地抱了上去。

「離塵。」就像以前大姐哄著自己的模樣，他輕聲說著，「你受苦了。」

君離塵身形僵硬，似乎想要掙扎，他卻加重力氣拚命抱緊了。

「你如今這麼有出息，都是靠你自己。」他笑著說，「雖然沒有資格這麼說，但你這麼有本事，我心裡也是感到驕傲的。」

最後他又說：「這不是花言巧語，是我的真心話。」

「大哥。」過了許久，他聽見君離塵異常冷淡的聲音，「你喝多了。」

「不。」他也聽見自己非常響亮的聲音。「我很清醒。」

「你喝醉了。」君離塵堅持。

「我沒有。」

「醉了。」

「沒有！」

「醉了。」

「沒有。」他瞇起眼睛，靠在君離塵的肩膀上問：「離塵，你這是在跟大哥撒嬌嗎？」

君離塵不再出聲。

「我們回家去吧。」他笑著放軟了聲音說，「離塵，吹了一會兒冷風，我的頭有點痛呢。」

回府的時候，君懷憂躺在寬敞的馬車裡，躺在不知是白狐狸還是白老虎之類的毛皮做成的毯子上，躺在君離塵的腿上。

他頭痛的時候一向喜歡躺著然後把頭墊高，可是這車裡沒什麼能拿來用的，他就自動自發地和君離塵坐在一側，把頭靠在了他的腿上。

這頭痛的毛病三年裡也犯過幾次，不知是那次墜馬的後遺症或者其他原因，一旦痛起來就要持續很長時間，偏偏他對疼痛過分敏感，這個年代又沒有止痛藥可以服用，所以痛苦就顯得更加漫長且難以忍受。

就像現在，哪怕他已經極力忍耐，還是痛得發出細細的呻吟。

等最痛的時候終於熬過去，他睜開眼睛，看見君離塵正一眨不眨地盯著自己。

他自動把那目光解讀為關心，於是解釋說：「我有時會犯頭痛的毛病，過一段時間就會好了。」

「在家犯病的時候，憐秋總是會幫我熱敷。」看對方沒什麼反應，他還是不以為意地自說自話，「憐秋你還記得嗎？你離開家的時候，她應該還被抱在手上，如今都快十八了。她是個有主見的孩子，最近還說要跟著學習打理店鋪。明珠脾氣溫順乖巧，我打算這趟回去以後，讓人去隔壁曲家說說親事，她和曲家老三兩情相悅也已經兩三年了。對了，還有莫舞，他就快要當爹了……」

君懷憂說著一些瑣碎的小事，君離塵只是聽著，臉上沒有太過明顯的表情。

「離塵。」君懷憂突然停了下來，朝上仰望著他，「你是不是不喜歡聽我說這些？」

「沒有的事。」君離塵依舊是那一句。「大哥，我看你是有些醉了。」

「唉——」君懷憂扶著頭坐了起來，朝他笑了一笑。「大概吧，也許我是真的醉了。不過我還是知道的，我們已經到家了。」

馬車停了下來，相府的匾額正對著車窗，君懷憂向外瞭望那在黑暗裡依舊閃閃發亮的金色匾額，又回頭看了看身邊沉默了一路的君離塵。

「權力如同雙刃之劍。」他輕聲地說，「你千萬要小心一些。」

君離塵跟著下了馬車，只看見君懷憂走進大門，挺拔修長的背影漸漸消失在沉沉夜色之中。

不期然地，他想起了韓赤葉在千歲湖邊，對這人所念的詩句。

南柯奇譚

NAN KE QI TAN

第六章

君懷憂支著下顎，聽君清遙嘮嘮叨叨地在耳邊說他昨晚認識的朋友，大半的心思也不知道飛到哪裡去了。

「爹，您有沒有在聽啊？」當他第一百次把頭轉到另一個方向以後，覺得被嚴重忽略的君清遙忍不住發出抗議。

「沒有。」他老老實實地回答。

「那您剛才為什麼要問我？」

「因為你想讓我問啊。」渾身上下都散發著「快問我快關心我」的氣息，他又不是傻子，怎麼會感覺不到？

「那您就應該好好聽我說。」

「我聽不進去。」他揮揮手，敷衍地說，「你去找別人說吧。」

「我能找誰說啊？」在這個地方他能和誰說話？

「你二叔啊。」他的父親好心地提供了一個人選。

「爹您這是發燒了嗎？怎麼盡說胡話呢？」君清遙打了個寒顫。

「發燒是沒有發燒，就是昨晚頭痛了一陣。」

「頭痛？」君清遙拔高了聲音。

他被嚇了一跳，托著下巴的手一滑，整張臉差點撞到桌上。

「那您還不快點躺下來？我這就去找熱水給您敷一敷。」

「已經不痛了。」他連忙拉住上竄下跳的兒子。「就痛了一盞茶的時間。」

「是嗎？不是通常要痛上好幾個時辰？」君清遙一臉不信。「素姨特意吩咐過我，要是您頭又開始痛了，就得躺著熱敷，您可別忍著。」

「我也不知道，不過這次痛得不是很厲害。」

「真的嗎？」君清遙驚喜地說，「那是不是以後都會這樣了？」

為了君懷憂這頭痛的毛病，家裡也請了不少大夫，但沒一個能找出病因，一直喝藥扎針也不見起色，成了所有人的一塊心病。

「我不知道。」他托著頭，也是有點想不明白。「痛了些時間就不痛了，還真是有點不習慣。」

「我覺得往後這毛病應該就會好了。」

「希望吧。」君懷憂倒是沒那麼樂觀，自言自語地說，「不過……下回再試一試好了。」

要說做了什麼特別的事，也就是枕了君離塵的大腿。君離塵是國師出身，說不定是身上的磁場特別強烈。

「試什麼？」

「沒什麼。」他打了個哈欠。「你剛才講到哪裡了？然後呢？」

「然後啊，我們……」君清遙又興高采烈地說了起來。

那得和君離塵打好關係才行，君懷憂一邊聽著兒子的叨念，一邊這麼想著。

只可惜還沒想好怎麼才能跟君離塵打好關係，就有人先找上門了。

「右丞相請我賞花？」他看著手裡的請柬，覺得有些困惑。

「正是，都在外候著了。」總管恭敬地回答，「確實是右相家的車馬僕從。」

「是嗎？」他糾結了一下又問，「離塵呢？」

「大人剛剛進宮了。」

「等離塵回來以後你跟他說一聲，我午後應該就能回來。」他拿著請柬，想來想去還是不能拒絕。

帶著滿腹疑惑的君懷憂上了韓家的馬車，而不遠處的街角，君離塵正坐在另一輛車裡。他撩著車簾，看著韓家的馬車載著君懷憂走遠，才開口吩咐說：「去宮裡吧。」

馬車慢悠悠地走著，君離塵看著車門上左右搖擺的流蘇，臉上露出意味不明的笑容。

君懷憂一下馬車，就看到親自站在門口迎接的韓赤葉。

他趕緊朝對方行禮問候，卻被韓赤葉一把拉住手臂，帶著他往裡面走。

他十分彆扭，但又不好甩開對方，心裡越發覺得古怪。

「聽說懷憂兄是青田人士？」韓赤葉好像一點也沒有察覺到他的不自在，親熱地和他搭話。

「對。」他點了點頭。

「我年少時就在離青田不遠的西山書院讀書，在那裡足足待了五六年呢。」

「這倒是巧了，我兒子清遙現今也是在那裡讀書。」他笑著附和，「就連我和我三弟，從前也是在那裡讀的書。」

「聽說懷憂兄和君大人還有其他兄弟姐妹？」韓赤葉一臉好奇。

「對，除了離塵以外，我還有一個弟弟和兩個妹妹。」

「這麼多人家裡一定非常熱鬧，不像我們家人少，平日裡總是冷冷清清的。」

他不知怎麼接話，只能陪笑了幾聲。

「懷憂兄你可不要誤會，我請你來也沒有什麼不好的心思。」韓赤葉折了一枝桃花放在手裡把玩，「我雖然和君大人於政見上時有不合，但私下還是極為欣賞他的。」

這話他就更不知道該怎麼接了。

「人活在世上，很多時候都是身不由己。」韓赤葉側頭看著他，「我是這樣，君大人也是這樣。」

「韓大人是想和我說什麼嗎？」君懷憂疑惑地看著他。

「你看我這人，就是容易走神。」韓赤葉笑了起來，「實不相瞞，今日請懷憂兄過府賞花不假，但最主要的原因，是想為懷憂兄引見一個人。」

君懷憂茫然地看著他。

「懷憂兄請隨我來吧。」韓赤葉比了個方向。

都到了這裡，君懷憂也不好說不去，只能硬著頭皮跟上。

他隨著韓赤葉，順著花木深處的小徑轉了幾個彎，又過了一道拱門，終於在一間單獨的屋子前面停了下來。

在他看來，這間屋子不是一般地古怪。這個季節在門上掛著厚重的簾子不說，窗戶也被黑布遮著。

「就是此地。」韓赤葉不等他問出口，先行說道：「我不能陪你進去，但這裡絕不是什麼危險的地方，只是你們的談話我似乎不方便知道。」

看他一臉真誠的樣子，君懷憂雖然滿腹懷疑，但還是踏進了那間黑漆漆的屋子。

屋子裡也是漆黑一片，他進了門也沒有放下手裡的簾子，想要借著光看看裡面有些什麼。

「請公子把門關上。」屋裡有人說。

聽聲音，居然是個年輕的姑娘。

君懷憂一愣，還是把門關上了。再回過身，眼前突然有了微弱的光亮。

細細高高的燈臺上，染著一盞小小的油燈，光線可以映照的範圍很小，但已經足夠讓他看清韓赤葉嘴裡那個想要見他一面的少女。

小姑娘的皮膚蒼白得嚇人，整個人周圍都籠罩著陰森的氣氛，看上去有一種恐怖電影的感覺。

「公子。」少女向他行禮。「我叫做韓赤蝶。」

君懷憂定了定神，阻止自己繼續胡思亂想。

「姑娘是韓大人的……」赤葉赤蝶，聽名字就像是一家人，何況這小姑娘的眉目之間與韓赤葉這麼相似。

可更讓人想不明白的是，為什麼韓赤葉要把他帶到這漆黑的房間裡和這樣一個小姑娘見面？這事情不但不妥當，而且還處處透著詭異。

「韓赤葉是我的兄長。」她表明了自己的身分，並指了指離她最近的、也是這間屋子唯一的一張椅子說：「公子請坐吧。」

君懷憂動作略微僵硬地坐下，想想卻又覺得不妥，便一下子站了起來。

「韓姑娘，這於禮不合。」

眼前的情況實在古怪，他居然和右丞相的妹妹一起待在這奇怪的房間裡，怎麼想都極為不合情理。

「君公子……不對，我還未知公子真正的姓名。」韓赤蝶看著他。

君懷憂的心劇烈地跳動起來，再沒心思去想孤男寡女合不合禮儀之類。

「韓姑娘是什麼意思？我……不太明白。」他試探著開口問道。

「我知道你不是君懷憂。」韓赤蝶蒼白的臉上突然有了一絲生氣，眼中閃現光華，「你只是得到了這個軀殼，你的魂魄本就是從別處而來。我說的對嗎？」

說得既清楚又明白，君懷憂驚愕地坐到在了那把椅子上。

「妳、妳怎麼可能知道……」君懷憂咽了口口水。「妳怎麼知道，我並不是真正的君懷憂？」

自從來到了這裡之後，他從來沒有向任何人透露過自己的來歷，這個奇怪的小姑娘到底是從哪裡知道的？

「我會知道這些，是因為我生來就與常人不同。」韓赤蝶緩緩地環顧著這間屋子，臉上才浮現的生氣又忽然消失。「我能看到一般人看不到的東西，知道一般人不知道的事情。和所謂修行得道不太一樣，我的能力是從祖先的血脈中傳承而來。我們韓家每一代都只會生下一男一女，而只有女子會繼承這種力量。作為擁有力量的代價，我這一生都不能接觸日月之光，如若違背，韓家就會有滅門之禍。」

君懷憂茫然地聽著，覺得對方就像是個被詛咒的女巫。

「等等，是因為妳有超能力，不，這種力量……所以妳知道關於我的事？」

他最為關心的還是這一點。

「是的，但並不是全部。」韓赤蝶慢慢地走了過來，走到他的面前。「三年之前的某一個白日降臨之時，你突然從他處到來。而自從你來到這裡，成為君懷憂的那一刻起，一切都開始變動了。」

「不錯，就是在三年前。」那天他下班回家的路上，被一輛奇怪的車子撞到。醒過來之後，就已經到了這裡，成為君懷憂。「我的確不是君懷憂，我姓厲，叫做厲秋。」

「厲公子，那你能不能告訴我，你究竟是從什麼地方來的呢？我只能看見一片迷霧，卻始終看不清那是什麼地方。」

「我想應該是未來，但是……」他緊緊皺著眉頭，「我不知怎麼了，總想不起我的時代和如今隔了多少年，只知道是許久之後了。」

「時間……怪不得我也看不清楚。」韓赤蝶點了點頭，又像突然間想起了什麼，「那麼，你既然來自許久之後，那你不就知道……」

「我不知道，我應當是學過的，可卻一點也想不起來。」他輕輕地嘆了一口氣，「我覺得這應該是某種規則，我也不知道該怎麼形容。」

「是嗎？」她並沒有厲秋預期中的失望，「確實是這樣，是我太心急了……」

「什麼？」厲秋並沒有聽清她近乎無聲的低語。

「不，沒什麼。」

「那麼韓姑娘找我來，是為了告訴我怎麼才能夠回去嗎？」他的心情多少有些複雜，但又沒辦法不問清楚。「是不是妳有什麼辦法？」

「我做不到，我的力量不是你想像中的那樣，我能夠感知到這些事，卻沒有辦法改變它們。」

厲秋坐在那裡低著頭，心裡也不知是失望或輕鬆。

「既然這樣，妳為什麼要見我？」

「當然是因為我覺得有必要見你一面。」韓赤蝶的目光突然詭異起來，「我想要看看，這改變了一切的人，是什麼模樣。」

「什麼意思？」厲秋被她盯得頭皮發麻。

「你知不知道君離塵為什麼叫君離塵。」她突然改變話題，「你知不知道他到底是什麼人？」

上。

「離塵？」他老實地搖了搖頭，不明白話題為什麼突然說到了君離塵身

「他剛出生的時候，君家老爺不知道從哪裡知道了我母親的能力，就把他抱到我的母親面前，問問這孩子一生的運勢。我母親看出這孩子的命格極重，要是生在帝王之家，日後定是天下明主。但是今朝運勢未衰，尋常人家生出的帝王之命，代表著他日後一定會擾亂世間，帶來蒼生之劫。」韓赤蝶極為仔細地看著他的表情，「這孩子會為君家帶來覆滅之禍，我母親覺得若是照實告訴君老爺，這孩子的命運會更加坎坷，戾氣也會更重，所以便告訴他這孩子會妨害六親，必須讓他獨居避世，還給他取了這樣的名字，希望能夠沖淡他命裡的血煞之氣。」

「然後呢？」他面無表情地聽著。

「可惜君老爺並未如我母親想的那樣善待他。我母親能夠看透命運，卻不懂人心。或者一切本就是註定，不論他叫什麼名字都不會改變他的命運。」

厲秋聽到這裡，心裡不禁反感起來。

「我不太明白你們所謂的命運之說，我們的時代已經沒什麼人信這些了。」他皺著眉頭，無法掩飾自己的不滿。「就我來看，妳們用三言兩語就決定了一個孩子的命運，簡直可笑至極。如果當時妳的母親說一句這孩子命格很好，他也不必受家人冷落，性格和想法可能會有所不同，一個童年幸福的人哪會願意做壞事呢？」

「君離塵出生就帝王之命，屈居人下哪能滿足他？」韓赤蝶輕輕嘆了口氣。「我明白你的意思，但一個人的命途並不是能夠輕易改變……」

「算了，我也不懂你們那一套，而且事情都已經發生了，再多糾結也沒什麼意思。」他抿了抿嘴角。「所以妳想跟我說，君離塵生來就要當皇帝？」

「他的命星離帝星越來越近，光芒已經快要蓋過帝星，這是想取而代之的預兆。」

「那又怎麼樣？」他不太明白。「妳們是要阻止他當皇帝？」

「可惜君離塵雖有帝王的命格，卻沒有帝王的運勢，當今天子的命途雖然暗淡，但盛世的天命是落在他身上，到時兩星相沖，這血光浩劫在所難免。」

「妳是說君離塵想要造反，而且註定會失敗？」他也不知道自己的口氣為什麼會這麼無禮。「既然妳一直說命中註定，如果註定了不能改，妳們幹嘛還要對他的人生指指點點？」

「如果真是這樣也就算了，可君離塵的命途之中卻一直存在異象，我母親窮盡一生，也沒能將之看破。」韓赤蝶緩緩說著，又流露出那種奇怪的神情。

「直到三年之前，我看見有異星入天闕，才知道時候終於到了。」

「三年前，那就是……妳能說得簡單點嗎？我聽不太懂。」

「簡單來說，厲公子，你是唯一有可能改變他的命運、避免這場世間浩劫的關鍵之人。」

「什麼？」話題突然之間又繞回到他的身上，「韓姑娘，我在一個月前和君離塵甚至連見都沒見過，妳也知道我根本不是真正的君懷憂。我這樣跟他一點關係都沒有的人，怎麼可能改變他的命運？」

「我說我能看見，其實只是一種意會。我只知道你改變了他的命途，但其中糾葛我卻無法看透。」

「那妳找我來，又告訴我這些是有什麼用意？」他戒備起來。「妳想利用我對君離塵做些什麼？」

「公子不要誤會，我讓兄長請你過來，並沒有什麼惡意。」韓赤蝶憂心忡忡地看著他。「只是近日君離塵那顆凶星的光芒越發明亮，我怕會來不及……厲公子，你是這世上唯一能夠改變他命運的人，你或許願意試一試……」

「怎麼改？試什麼？怎麼試？」他站了起來。「難道妳覺得我去和君離塵說『你不要造反，造反是要死的，不但是你一個人死，還有很多人會死』，他就會聽我的話了嗎？」

「不是這樣的。」看他態度冷漠起來，韓赤蝶有些慌張。「是要你婉轉一些，慢慢地改變他……」

「我不明白妳這麼想的依據是什麼，就這幾天和他相處下來，他這個人要是有了什麼決定，就絕對不會隨意更改。」他朝大門走去。「我和他之間也沒什麼交情，怎麼可能去說這樣重要的事情，萬一他一惱火將我殺了又該如何是好？」

他拉開大門，陽光照射到他的臉上。

「我和妳的想法不同，不論他作出什麼樣的決定，我們都無權要求他改變想法。只要那是出於他自己的意願，對他來說就是正確的。哪怕真的應驗了命運，那也是他自己的選擇。」

韓赤蝶愕然地看著他走出大門，明媚的陽光刺痛了她的眼睛。

「厲公子。」韓赤蝶在他身後說，「我知道，你還是會回來找我的。」

他動了動嘴唇，最終還是沒有反駁，只是頭也不回地離開了。看著他遠遠離去的背影，韓赤蝶就這麼靜靜地站著。

「怎麼了？」過了很久，韓赤葉走了進來，關上門阻隔了她凝滯的視線，

「君懷憂為什麼像是不高興，連招呼也不打就走了？他答應妳要留在上京了嗎？」

「哥哥，你覺得我們所做的這些事，是正確的嗎？」

「雖不知正不正確，卻應當是值得的。」

「流星只是經過天闕，我們卻要將他與凶星綁在一起……天命自有軌跡，我們卻覺得能夠改變它，這會不會終究是白忙一場？」

「赤蝶，妳一直不願意告訴我為什麼要見君懷憂，但願不是因為妳有所動搖。」韓赤葉幾乎是冷酷地問道：「難道妳忘了答應過母親什麼？」

「母親當年那麼做，是真的同情君離塵生來背負凶星，還是順勢推了他一把，讓那煞氣變得更重了呢？」

「君離塵行事毒辣，心機深沉，如果有任何機會，你以為他會放過我，放過妨礙他的人，放過自己的……」他無奈地嘆了口氣，「赤蝶，不要猶豫，想想那些可能會失去性命的人，妳不覺得他們也是可憐無辜之人嗎？」

「我明白的。」

韓赤葉動了動嘴唇，最終還是沒有將接下來的話說出口。

世上的人皆有私心，沒有人能夠例外。

君懷憂心事重重地回到君離塵的府上，沒想到許多天未見的君離塵正在門口等著他。

他下了馬車，實在沒辦法像往日那樣笑臉迎人，只能帶著一絲凝重看著君離塵。

「大哥這是怎麼了？怎麼賞了花反倒不開心了？」

「我……」他欲言又止，最後微不可聞地嘆了口氣，「沒什麼，花挺好的。」

「大哥今日過得挺愉快吧？」兩人並肩走在曲折的迴廊上，君離塵笑著問，「韓大人那樣玲瓏的人，定是不會怠慢你的。」

他輕輕「嗯」了一聲。

「大哥到底是怎麼了？」君離塵驚訝地停了下來。「是不是遇上什麼不開心的事了？」

君懷憂終於停下腳步，靜靜在原地站了片刻，然後回過頭看著君離塵，臉上的鄭重讓君離塵收起了刻意的驚訝。

「離塵。」他說，「不論你做出怎樣的決定，我都會支持你的。就像我告訴清遙的，人一生能有多少時間可以隨心所欲地支配？我希望君家的每一個人，都能夠按照自己的想法活著。你也一樣，離塵。」

然後他笑了，一邊笑一邊拉起君離塵的手：「你不用擔心，沒有人可以改變我的想法，永遠也不會的。」

說完他拉起君離塵，大步向前走去：「韓大人還真是小氣，以為光看看花花草草就會飽了，連點心也不招待我。你也餓了吧？我們去吃飯吧。」

在他的背後，踉踉蹌蹌被他拖著走的君離塵愕然地看著他的背影，那一瞬間，他的眼中閃過了帶著一絲迷茫的光亮。

南柯奇譚

NAN KE QI TAN

第七章

「清遙，你明天跟吳管事他們一起回青田去吧。」

「為什麼？」埋首在書卷裡的君清遙驚訝地抬起頭，看著倚坐在窗邊的父親，「你不和我們一起回去嗎？」

「我剛才已經和你二叔講好了，雖然那些人已經被擒獲，但他還是會派人護送你們回去，所以安全方面我也就放心了。」君懷憂答非所問地說著。

「爹不回去，我也不會回去的。」

「我還要再多待一陣子，我想和你二叔相處得久一些。既然你不喜歡你二叔，成天悶在這裡也不自在，還是先回家去吧。」

「我留下來陪你，爹什麼時候回家，我也什麼時候回家。」

「清遙，我還以為你是個明事理的孩子。」君懷憂有些苦惱地說。

「那爹就應該坦誠一些，為什麼要我獨自回去？是不是有什麼其他的原因？」

「沒有，是你想多了。」君懷憂站了起來。「我們出來太久，又遇上了這麼多事，寫信傳話也說不清楚，家裡一定急壞了。你先回去給三叔他們報個平安也好。至於我，最多再留兩個月便會回去了，你不要胡思亂想。」

「爹。」君清遙不滿地嚷道，「我不……」

「君清遙。」他第一次對兒子板起臉，神色嚴厲地說：「我已經決定了，你明天就回青田，不要再瞎胡鬧。」

被他的嚴肅嚇了一跳的君清遙立刻就住了嘴，但神情之中盡顯擔憂。

「唉——」君懷憂嘆了口氣，摸摸兒子的頭。「清遙，你以為自己已經長大了，其實有很多事還在你能力所能承擔的範圍之外。爹不是有意要隱瞞你什麼，只是有些事到現在我都還沒想清楚究竟該怎麼辦。你留在這裡也幫不上什麼忙，還是先回家去吧。」

君清遙看了看他，最後還是點了點頭。

君懷憂讚許地笑了，對他說：「你看完書就早點睡吧，我想一個人去院子裡走走。」

相府占地極為廣闊，但君離塵厭惡喧鬧，所以除了剛好足夠的人手以外，並沒有像其他大戶高官的宅邸那樣僕從如雲。

一路走來，除了樹影婆娑，沒見到半個人影。

走著走著，又走到了觀星臺邊，他順勢走上青銅的臺頂，望著朗朗明星，漸漸地出了神，想起年幼時很喜歡的一首詩。

「臥龍躍馬終黃土，人事音書漫寂寥。」他輕輕念了出來，懷著淡淡的離愁安慰著自己。

漸涼的晚風吹動了他沒有束起的長髮，輕薄的衣衫貼著他修長的身子飛舞。月光照在他的身上，恍似下一刻他就能乘風歸去。

「大哥。」

他從神思迷離中驚醒過來，轉過頭才發現，君離塵不知何時已經站在他的身後。

「離塵？」他連忙攏住幾乎要打到君離塵臉上的長髮，十分意外地問：

「這麼晚了，你還沒睡嗎？」

「晚上天氣寒涼，大哥為什麼不加件衣裳就來院子裡吹風？」君離塵覺得他肯定是忘了自己頭痛的毛病。

「我忘了。」君懷憂不甚在意地回答，「只想走走，沒料想走著走著會來到這裡。」

「大哥喜歡觀星？」君離塵抬頭望向天空。

「我每次覺得自己在陌生的地方，覺得一個人太孤獨的時候，就會抬頭看看星空。人生萬物皆有變化，只有這天上的星辰都是一樣的。」

君離塵不明白他的意思，想了一想才回答：「也不一樣，天上的星辰也會隨時節變化。」

他自覺沒說什麼，但君懷憂聽完這句話後顯然是愣住了。

「大哥？」君離塵疑惑地看著他。

「對啊，我都忘了……是我糊塗了。」他有些顫巍巍地吸了口氣。「算了，沒用的事情就不要多想了。」

說完，他也不顧君離塵的意願，一把將人抓住按坐在地上，然後自己也跟著坐了下去。

「離塵，你對星宿如此熟悉，不如教大哥認一些吧。」他背靠著欄杆，指著天空問：「那個我知道是北斗七星，我們從這裡開始好了。」

「北斗乃是富貴之官。」

雖然覺得古怪，君離塵依舊耐著性子開始解說，「自斗杓的位置依次是搖光、開陽、玉衡……」

「西天星宿這個季節也就這麼多，至於……」君離塵忽然停了下來，側頭看去，卻望見一張沉睡中的臉龐。

在解說的過程中，君懷憂竟然靠在他的肩上睡著了。

他愣了一愣，抬頭仰望星空，這才發現自己已經講了很久，明月已過中天，夜已過去大半。

低頭看著頸邊那張安穩入睡的臉，他不自覺地抓起那人的一縷長髮，回想起第一次在聚華樓裡見面的時候。

「你這人還真是奇怪。」他輕聲說，看著君懷憂隨著聲音又靠了過來，整個人差不多都糾纏在自己的身上。

月下觀人，似乎格外好看一些。

他戳一戳君懷憂的臉頰，看著對方蹙起眉頭囈語幾聲，把自己抓得更緊了。

他笑著抬起手一揮，立即有一道黑影自花木中躍出。

「去拿件外衣過來。」他壓低聲音吩咐。

外衣很快就被送了過來，他略略撐開，披到君懷憂身上。

這人總是迷迷糊糊，明明知道自己吹了冷風就要頭痛，卻一點也不注意。

君懷憂的眉頭慢慢舒緩，整個人也漸漸放鬆下來。

君離塵靠在圍欄上，再一次抬頭看著夜空，直到聽見有人在喊自己的名字。

「離塵……」君懷憂摟著他一隻手臂，在夢裡喊他的名字。

是在做關於他的夢？那是什麼樣的夢呢？

他突然有點想知道。

他低下頭，想聽清楚後面說些什麼，但卻冷不防地被什麼柔軟的東西擦過臉頰。

他愣住了，耳根驀地熱了起來。

「二叔？」

耳根發熱的君離塵猛地一驚，飛快地抬起頭。

「二叔，原來您和我爹在這兒呢。」君清遙朝這裡走來。「我一覺醒來不見爹回來，所以出來找他。」

君離塵一動，讓君懷憂迷迷糊糊地醒了過來。

「我爹他……」

「清遙？」君懷憂揉了揉眼睛，一點也不斯文地打了個哈欠。「你三更半夜跑出來幹嘛？」

「爹，您也知道已經是三更半夜啦？」君清遙瞪了他一眼。

「啊。」君離塵終於完全地清醒了，「離塵，你怎麼不叫醒我？你明日一早，不，是今天一早就要上朝，你看我還……」

「沒什麼。」君離塵淡淡地說道。

「那我們還是回去了，你也快點回房，就算休息一會兒也好。」君懷憂趕緊站了起來，不過他睡得有些腿麻，幸虧被君離塵拉了一把才沒有出醜。

「你看看我，被我靠了這麼久，手臂和腿麻不麻？」他皺著臉，想幫君離塵按一按。「你也是，看我睡著了就該喊我一聲，怎麼不聲不響呢。」

「我沒事，大哥回去休息吧。」君離塵避開了他的手。

天色已經太晚，君懷憂拉著兒子便要回去，可走了兩步又回過頭來，一副不好意思的樣子。

「我就是有點睏，不是因為你說得不好。」他嘿嘿地笑了兩聲。「不過也是你聲音太好聽了，下回你再跟我說說吧。」

他還準備多誇幾句化解自己睡著的尷尬，就被兒子扯著袖子拖走了，只好揮了揮手當做告別。

君離塵看著放在一旁的外衣，伸手揉了揉還在發熱的耳朵，深深地吸了口氣。

君清遙一口氣拉著君懷憂回到房裡，然後皺著眉頭看他。

「好睏啊。」君懷憂打了個哈欠。「你一早就要動身，早點回去睡吧。」

「爹，您剛才跟二叔在那裡說什麼？」

「沒什麼，你二叔在教我觀星。不過我聽到後來睡著了。」他抓了抓頭髮，有些懊惱地說，「也不知道他會不會生氣。」

君清遙的眉頭皺得更緊了。

他剛才看到二叔和爹靠在一起，就有一種很古怪的感覺。

「年紀小小的，怎麼一天到晚愁眉苦臉呢。」君懷憂揉了揉他的腦袋。

「爹，我說您和二叔……」

「我又怎麼了？」

「您還是和二叔還是保持一些距離才好。」他也不知道自己在擔心什麼，想來想去，也只能說出這句話。「不是我要說長輩的壞話，天底下都知道二叔這人的惡名，我是怕您和他走得太近會被連累。」

「不能這麼說，要不是你二叔，你的小命早就交代了。」

「要不是我二叔，我哪會遇上那樣的事情！」

「反正，也不是你二叔的錯……」

「爹，您這可是在自欺欺人，二叔真要是什麼好人，上京城裡的人怎麼連他的名字都不敢提起？」

「你就這麼不待見你二叔啊。」君懷憂翻了個白眼，「不說了不說了，快回房睡覺。」

君清遙還想跟他多說幾句，卻被他推出了門，只好悻悻然地回到自己房裡。

第二天臨行前，君清遙還想和父親說幾句話，偏偏君離塵碰巧上朝回來，全程都站在旁邊看著，直到上了馬車他們也沒機會私下說話，只好簡單地道別。

人走了之後，君懷憂慢慢地走回正廳。

「大哥是在擔心清遙的安全？」站在一旁的君離塵對他說，「你儘管放心，只要他是我君離塵的侄兒，這世上就沒人敢動他一分一毫。」

「也不是……離塵你安排好了，我總是放心的。」君懷憂愣了一下，有些意興闌珊地說，「我知道你有本事，只是這話聽起來……有些太獨斷了。」

說完，他轉身往後宅走去。

君離塵斂起笑容，在他走遠之後垂下眼睛，狠狠地摔碎了手中的玉笏。

周圍的侍從和僕人們跪了一地。

「你們幹什麼？」他環顧四周，語氣平和地問，「我讓你們跪了嗎？」

所有跪著的人都把頭低到地上，膽子小的皆已瑟瑟發抖。

「哼，我救了你的命，你倒是一點情分也沒有啊。」他抿著嘴角，笑了出來。

他匆匆忙忙從宮裡趕回來，就是因為昨夜君清遙在背後說的那些壞話，他可不能讓這忘恩負義的小畜生有機會再嚼舌根。

君懷憂性格軟，耳根子更軟，要是再多說上幾句，真對自己退避三舍……可就算他對自己退避三舍，那又怎麼了？

難不成我還捨不得，不願意了？

君離塵抬腳踢翻了紫檀椅子，臉上又青又白，十分難看。

「韓相爺邀我過府小酌？」午後，君懷憂從君家鋪子裡回來，剛踏進門就聽見這個消息。

「我們相爺說了，上次招待不周，請您務必再次賞臉。」僕人照例遞上了燙金的請柬。

「這個……」他有些猶豫，上回不歡而散，這回再靦著臉赴宴，壓力也太大了。「我看還是算了，替我謝謝你家相爺的……」

「大少爺。」一旁的總管突然面無表情地開口，嚇了他一跳。「我跟您說幾句話，行嗎？」

等送請柬的僕人被帶了出去，總管才對他說：「我知道大少爺不想去，可韓相爺位高權重，貿然拒絕駁了他的面子，恐怕不太妥當。」

「總管的意思是……」

「韓相爺折節下交，大少爺縱然不樂意，總要留三分情面。萬一日後落人口實，說我們府上目中無人，連著主上也要遭人詬病。」

君懷憂聽了，仔細地想了一想。

他知道總管的意思，但他不覺得韓赤葉會為此動氣，君離塵更不是會看別人臉色的人。只是轉念一想，人言可畏，他們不在意，但被別人拿來當笑話議論，總是不太好。

「那好吧。」他抬起頭，「麻煩總管回話，就說我今晚會準時過去的。」

「去哪裡？」他話還沒說完，神出鬼沒的君離塵便穿著朝服出現在門口。

「離塵你回來了？」君懷憂看了看時間。「今日下朝這麼晚啊。」

「你要去哪裡？」君離塵走進來，把身上的披帛玉墜拿了下來，丟給身後的僕人。

「是韓大人請我晚上過府小酌。」

君懷憂把桌上的請柬遞給他。

他打開看了一眼就合上了，轉過臉問道：「你要去嗎？」

「盛情難卻。」君懷憂淡淡地笑了笑。「難得他願意和我往來，應該去的。」

「其實……」君離塵試探似地望著他，「若是你不樂意，不去也無妨。」

「沒有的事。韓大人為人風趣，又見識廣博，和他相處還挺有意思，沒有樂不樂意這回事。」他倒是為韓赤葉辯駁起來。「離塵你上次不也跟我誇獎過他嗎？」

「是嗎？」君離塵不置可否地應了一聲。

「那我去準備一下好了，也不能去得太晚。」君懷憂朝他點了點頭，便回到自己的房間。

「主上。」

見君懷憂離開許久，自家主子依舊動也不動地站在那裡，總管上前問道：「需不需要讓人跟著大少爺？」

「不用了，多派些人手送他過去。」

「可是……」

「你到底想說什麼？」

「奴才不太明白，當初您既然安排大少爺和韓相爺往來，剛才又為什麼……有些不願意。可是計畫有什麼改變？」

「榮琛。」君離塵冷眼望了過來。「你跟著我多久了？」

「回主上。」總管恭敬地答道，「已有十年了。」

「那你應該知道，我最不喜歡的，就是多話的人。」

「是，奴才知道。」總管微微一愣，立刻低下頭。「是奴才多嘴了。」

「我要去書房，不用準備晚飯了。」他走了兩步，又停了下來，「他回來的時候，讓人通知我一聲。不論多晚。」

君懷憂果然回來晚了，門外的更夫已經敲過二更。

他被人扶著進門，腳步也是虛浮不穩，一看就知道喝了不少酒。只是他也沒有認為自己醉了，只覺得喝多了一些，如今有點頭暈而已。

不然，他怎麼會一眼就認出在大廳裡等著的人。

「離塵？」他半側著頭，困惑地看著臉色不太好的弟弟。「這麼晚了，你怎麼還不睡？」

「那你怎麼這麼晚才回來？」君離塵用不悅的眼神從上到下看了他一遍。「還喝了這麼多酒。」

「哪有？」他不滿地鼓著臉。「我又沒喝多少，你以為我喝醉了啊？我酒量很好的。」

君離塵懶得和他爭辯，揮手讓僕人退了下去，親自抓著他往後走。

「離塵，你帶我去哪裡啊？」他把頭歪靠君離塵的肩上，笑嘻嘻地問。

「回房睡覺。」君離塵沒好氣地說。

「我不要睡覺。」他停下腳步，頭起抬喊道，「我不要睡覺。」

「那你想幹什麼？」

「離塵，我們去看星星好不好？」他指著另一邊說。

「不好。」君離塵皺著眉抓著他。

「不要，我要去看星星。」君懷憂板起臉，死活不肯再走一步。

「改日再去吧。」君離塵從未遇過這樣的人，只能耐著性子說：「今日已經很晚了，我們明晚再去看，好嗎？」

「明天你會陪我嗎？」君懷憂半仰著臉問他。

「會。」他無奈地回答，「明晚我們再去看。」

君懷憂終於不再堅持，讓他扶著往後院走去。

要是被人知道他三更半夜和一個醉鬼拉拉扯扯，還對他連哄帶騙，不知會嚇掉多少人的下巴。

剛走了兩步，君離塵又覺得不對，猛地停了下來。

「你哭什麼？」他抬起君懷憂的臉，看到了君懷憂臉上明顯的淚痕。

怎麼無緣無故哭起來了？

「你是不是頭痛？還是哪裡不舒服？」他並沒有察覺到，自己的聲音裡帶著焦慮。「你說話！」

他聲音一提高，原本只是抽抽噎噎的君懷憂便放聲大哭起來。

「你到底怎麼了？」他一時手足無措，不知該如何應付，又突然心中一動，沉著臉問道：「在韓府出事了？韓赤葉對你做了什麼？」

「不……不是……」君懷憂好不容易止住悲痛，眼中含著淚水看著他說：「只是我覺得你對我太好了，我好感動……」

「沒事就好。」不怎麼習慣被依賴的君離塵別開臉。「不要哭了。」

「大家都對我很好的。」君懷憂抓著他的袖子擦了擦眼淚。

「那不是很好？」君離塵近乎無可奈何地說，「對你好你還哭什麼？」

「可是……我好想回家。」君懷憂止住眼淚，臉上顯現出幾分落寞。「我居然連何曼那個瘋女人都十分想念，昨天甚至還夢到她了。」

君離塵神色一凜，心裡想著這何曼又是何許人，居然會讓君懷憂思念成這樣？

「離塵，我好想回家。」他心裡難受，索性直接蹲在地上。「我不要留在這裡，我要回家。」

「你居然如此厭惡我嗎？」君離塵退後一步，心裡不知哪來的怒氣，「我沒有強留你的意思，你願意隨時都可以離開。」

「你為什麼生氣啊？」君懷憂莫名其妙地抬起頭，「我什麼時候說討厭你了？」

「你若是想回青田，明日一早我就派人送你回去。」他心中氣惱，轉頭就要離開。

「我沒說我要回去青田啊。」君懷憂一把抓住他衣衫的下襬，不明白他為什麼會突然生氣了。「你這麼凶做什麼？」

君離塵回過頭，順著那隻拉住自己衣服的手，看到他酒後如幼稚孩童般的神情。

「離塵，我頭好暈啊，你怎麼還生我的氣呢？」君懷憂搖搖晃晃地站了起來。「你不要把我一個人丟在這裡，我認不得回去的路。」

君離塵心裡有些惱火，卻又拿他沒辦法，只能回來扶他。

君懷憂習慣性地往他肩頭一靠，嘿嘿地笑著說：「離塵，你真是個好人。」

全天下大概只有這個醉鬼會這麼說了，不知道他清醒了以後還會不會這麼認為。

「你怎麼又不走了？」再一次停下來，君離塵覺得自己的耐心快要用光了。

「離塵，你背我好不好？」

「什麼？」他不敢相信地看著這個膽大包天的傢伙。

「幹嘛這麼凶？」那個膽大包天的傢伙板起臉來，「我是你大哥，你背背我又有什麼關係？長兄如父，你聽過沒有？換句話說，我是你的長輩，你背一下長輩不可以嗎？」

君離塵被他喊得耳朵發痛，也不知到底是誰比較凶。

「背我。」不管君離塵臉色有多難看，君懷憂順勢往他背上一趴。

君離塵僵直著身子，立刻就要把他甩開。

「我好睏啊，頭也好暈，我不想走路了。」君懷憂趴在他背後抱怨，「離塵，你背我好不好？」

君離塵覺得自己可能是鬼迷了心竅，非但沒有發火，甚至極其自然地半蹲下去，把人背到了背上。

把人背上後他忍不住一愣，沒想到他居然這麼輕。

「離塵你真好，莫舞真的特別小氣，每次都不肯背我。」君懷憂在他耳邊告狀。

原來他每次喝醉都要人背嗎？

君離塵冷笑一聲。

「離塵，你的頭髮真漂亮，你都用什麼洗頭髮？」被背著的人隨興地玩著他的頭髮，「我第一次看見男人有這麼漂亮的頭髮，聞起來還很香呢。」

說著，他把頭埋到君離塵頸後的髮絲中，喜愛極了這種絲緞一樣的質感。

君離塵一震，腳步不由得停了一下。

直到感覺耳後傳來均勻的呼吸，他才知道君懷憂已經睡著了。

他的胸口有什麼東西劇烈地跳動著，讓他覺得非常不舒服。他三步兩步走進君懷憂的房裡，把人放到床上，又隨手拉了被子將人蓋住。

他如同做完一件大事般，如釋重負地往門外走去，但到了門口，他還是忍不住回頭望了一眼。

沉睡的君懷憂，半邊的臉被月光映照著，好看得讓他連呼吸都停了一刻。

他慌忙地關上門，在門口近乎失魂落魄地站了好一會。

只是慢慢地，他的神色越來越沉、越來越暗，到後來，原本有些微紅的臉色變得一片鐵青。

「不能再這樣下去了……」他輕聲地自言自語。

他再一次轉過身，輕輕推開門，慢慢走到君懷憂床前。

牆上用來裝飾的弓箭反射著月光，床上沉睡著的人，依舊安枕無憂，好夢正酣。

南柯奇譚

NAN KE QI TAN

第八章

君懷憂覺得自己好像做了什麼糟糕的事情。

因為去韓赤葉家裡喝了酒，從隔天開始，君離塵就對他一副不耐煩的樣子，甚至不太願意搭理他。而這幾天，人更是徹底看不見了。

但他這個人是喝醉了就會失憶的體質，那天晚上，連自己是怎麼回來的都想不起來。

喝少了誤事，喝多了誤大事啊。

「唉——」他嘆了一口氣，換了個姿勢趴在桌上。

「大少爺。」

「榮總管。」他趕緊直起身子。「你找我？」

「主上傳了口信回來，有一件事要讓大少爺幫忙。」

「離塵？」他驚訝地問，「找我幫忙？」

「因為春汛水患之事，前幾日主上被傳召入宮，走時太過匆忙，忘了一件重要的東西。今日忽然有了急用，但此刻正是早朝，主上不便回來拿取。就讓人傳信，希望大少爺能把東西送去宮門。」

「讓我去送東西？」

「此物事關重大，主上說託予任何人都不放心，府上只有大少爺是最適合的人選，所以有勞大少爺跑這一趟了。」

「喔。」君懷憂點了點頭，倒是覺得無所謂，反正閒著也是閒著。

「那就請大少爺收好，這是出入禦道的權杖，而這個盒子裡，是主上需要的東西。」

他把盒子接了過來，覺得就像幫家裡正在上班的家人送文件一樣，接著他就被自己的設想逗笑了。

但總管的表情特別嚴肅，他只能低下頭假裝咳嗽。

「這東西十分重要，大少爺一定要親手交給主上。」

「這我知道。」

「馬車已經備妥，到了宮門，自然會有人在等候大少爺的。」

「好。」君懷憂站起身，往門口走了出去。

「大少爺慢走。」

君懷憂回頭看了一眼，覺得總管今天不太對勁。

不過這府裡的人，也就沒幾個正常的。

但一踏出門，他倒是吃了一驚，總管非但安排了一輛外觀結實的馬車，侍衛也有十幾二十人。

從這裡到皇宮也不過半個多小時，居然要這麼多人跟著，這裡面的東西顯然非常重要。君懷憂坐在車上，下意識地抓緊了手裡的盒子。

車輪滾滾轉動，車外喧鬧的街市反倒讓人不安起來。

他心中越發忐忑，只盼著能快點抵達宮中。

君離塵在宮門外等候，他微仰起頭，遠遠地望著寬闊禦道的另一頭，面無表情地等待著。遠處隱約浮現的黑影讓他瞇起眼睛，漸漸地便能看清楚是一輛行駛而來的馬車，車窗裡有人還探出頭來，向他招了招手。

是君懷憂。

君離塵長長地呼了一口氣。

「離塵。」君懷憂下了馬車，徑直向他走來。

「你來了？」君離塵微微皺起眉頭，左右看了看，「你途中有遇上別人阻攔？」

君懷憂看著自己衣衫下襬的塵土，點了點頭：「突然殺出一幫人，幸虧有你的侍衛，我才得以脫身。」

「那就好。」

「我走的時候他們還在打，你能不能派人去接應一下？」他把手裡緊緊握著的漆盒遞了過去，「這是你要的東西。」

「我知道了。」君離塵接了過來，遞給一旁的內侍。

君懷憂微微皺了下眉頭。

「怎麼了?」君離塵問他,「不舒服嗎?」

君懷憂撫著胸口說:「沒什麼,可能剛才馬車太急,有點反胃……」

話沒說完,他眼前一黑,往前跌了下去。

君離塵一把扶住他。

「我沒事。」他勉強揚起笑容。「只是有點頭暈。」

然而,君離塵卻臉色大變,他看向自己扶住君懷憂肩頭的右手,那上面滿是灰暗的血漬。

「你受傷了?」

「只是擦傷,不怎麼痛,就是有點麻。」混亂之中,好像有人從兩旁的屋頂上朝他們射箭。

「你是蠢嗎?受了傷為何不說?」君離塵大聲斥罵。

所有人,除了君懷憂以外的所有人,凡是視線之內的,不論是內侍還是衛兵,全部跪在了地上。

「離塵你做什麼？」君懷憂不滿地看著他，「你把大家都嚇壞了。」

君離塵卻不理會他，一把拉開他的衣領。

「怎麼了？」君懷憂驚訝地問。

君離塵的臉色難看至極，雙目瞪著君懷憂肩後的傷口。

傷口的確不嚴重，只是流出的鮮血顏色有些異樣。

他聲音顫抖地發出了一個音節。

「獨？」君懷憂重複了一遍，「什麼？」

「來人！」君離塵高聲喊道，音調都有些變了，「傳太醫院，把所有御醫都給我叫到沉瀾澗！」

「離塵？」君懷憂不解地看著他。

「你別動。」君離塵彎下腰，一下就把他打橫抱了起來。

「啊！」君懷憂嚇了一跳，「離塵，你這是……」

「我說了別動！」他斥喝一聲，君懷憂果然不敢再動了。

用眼神斥退了想要接手的內侍，君離塵抱著他，匆忙地往皇城中走去。

「離塵，你力氣好大，但能不能別用這個姿勢……」君懷憂覺得有些窘迫，又感到有些睏倦。

「君懷憂，你給我醒著！」

「我醒著啊。」君懷憂眨了眨眼睛，「被你一說倒有點睏了。」

「不許睡！」君離塵氣急敗壞地吼道。

「可是我真的想睡……」他張開嘴，打了個哈欠。

沉瀾澗就在眼前，君離塵加快腳步。

「御醫到了沒有？」他大聲詢問。

「我……我怎麼了？」君懷憂奮力地撐開眼睛。

君離塵衝進掛著「沉瀾澗」匾額的一座偏殿，小心翼翼地把他放在軟榻上。

「離塵……」君懷憂一把拉住他的衣袖。

「你別動。」君離塵按住他。「不會有事的。」

「我中了毒嗎？」君懷憂問他。「我不會不死啊？」

「沒有人會死。」君離塵咬牙切齒地說，「但你再不聽話躺著，就會死很多人。我保證，你現在看到的每一個人都活不了。」

他的表情實在太凶了，君懷憂只好放開手，乖乖地躺在軟榻上。

「人呢？」君離塵走到門邊，「要是再不出現，以後就永遠別出現了。」

下一刻，一群氣喘吁吁的老頭終於出現在他的視野裡。

「臣等……來……來遲，萬望……」隔著老遠，那群人已經斷斷續續、高高低低地喊著。

「喊什麼喊，還不快進來？」輔國左相宛如地獄閻羅一樣盯著他們，讓他們個個頭皮發麻。「要是他有什麼萬一，你們就別想再替活人醫病了，懂嗎？」

眾人慌慌張張地跑了進去。

把脈的把脈，檢查傷口的檢查傷口，扎針的扎針。

這麼多人在眼前晃來晃去，晃得君懷憂越來越暈了。

過程中，他一直喊痛。

「好痛——」這些人拿著特別粗的針扎他，還按著他不讓他動。

「回稟大人。」有人邊擦冷汗邊回報，「這位公子中的是一種叫『銀堅葉』的毒藥，現在臣等已將毒血用空管排出，傷口附近壞死的筋肉也已經剜去。萬幸的是，此毒雖然毒性猛烈，但傷口不大加之救治及時，只需再服幾帖除去餘毒的藥物，調養些時日，很快就可痊癒了。」

君離塵走了過來，臉上的神色終於緩和了一些。

「你覺得怎麼樣了？」他俯首到榻邊詢問側臥著的君懷憂。

痛到臉色慘白的君懷憂馬馬虎虎地點了點頭。

「他怎麼會這樣？」回頭掃過那群庸醫，君離塵又問，「沒有辦法讓他舒服一點？」

流了那麼多血，又剜了一整塊肉，哪裡能舒服得起來？

偏偏沒人敢說實話，生怕觸了這瘟神的霉頭。

「沒事的。」榻上的病人善解人意，開口為他們解圍。「其實是我比較怕痛，大夫們動作迅捷，讓我少吃了許多苦頭。」

「辛苦各位了。」瘟神終於鬆了口，「沒事就都退下吧。」

誠惶誠恐地道了謝，御醫們一個個飛也似地告退，速度之快和剛才趕來之時不遑多讓。

「痛得很厲害嗎？」等人走光，君離塵再次問他。

他微笑著搖了搖頭，冷汗卻沿著臉頰滑落下來。

「你知不知道剛才有多凶險？」君離塵伸手為他擦去汗水。

那群老頭子一個個神色凝重，交頭接耳，他不知看得有多麼惱火。

「那個盒子呢？」君懷憂往他身後張望，沒看到剛才拿盒子的內侍。「不是很重要嗎？你要趕緊收好才是。」

「已經收好了……」君離塵皺了下眉，「我不知道會遇到這種意外，我一定饒不了那些亂賊。」

「這不是沒事了嗎？」君懷憂有氣無力地安慰他，「何況你也安排了侍衛護送我，不然這回真的要把命丟了。」

君離塵沒再說什麼，只是默默地看著他。

「離塵，我有些睏了，你讓我睡一會吧。」他輕聲地說，「其他的事等我醒了再說，好不好？」

君離塵點點頭，揮手讓宮娥們拿了絨毯過來，親自為他蓋上。

「睡吧。」君離塵沒有離開，而是坐在軟榻邊上，「等藥熬好了我再叫你。」

君懷憂閉上眼睛，不一會便沉沉睡去，君離塵陪著他坐了一會，確定他已經熟睡，才站起身。

他小聲地吩咐好好伺候，轉頭看見君懷憂在睡夢中依然露出疼痛的表情，腳步沉重地走出殿外。

「洛希微。」他抬眉喊道。

「君大人。」站在迴廊的另一頭，一個像是等待許久的宮中女官朝他屈膝行禮。

「把沉瀾澗都換上妳的人，他要在這裡住上幾天。」

「是。」那女官點頭應道，「我這就差人去府上通知榮總管準備。」

「他的飲食起居妳親自打點，不要怠慢了。」他回頭看去。「讓他過得舒心一些。」

「屬下明白。」

「還有，」君離塵頓了一頓，「今日在東市攔截馬車的人，一個活口都不許留下。」

「可是……」那女官露出些許為難。

「怎麼？」君離塵冷冷地看著她，「妳現在在宮裡養尊處優，連這點小事也辦不好了？」

「當然不是，只是屬下認為頭顱太大，恐怕不易攜帶。不如剝下他們的臉皮就好，大人以為如何？」那女官笑吟吟地問道。

「是所有的人。」

「請大人放心，我辦事何時出過差錯？」女官再次行了一禮，「屬下告退了。」

揮了揮手，君離塵的目光又一次放在了緊閉的殿門之上，再次露出了複雜難辯的神情。

君懷憂張開眼睛，看著金碧輝煌的雕梁，一時不知自己身在何處。

「公子，您可是醒了嗎？」外間傳來了腳步聲。

「喜薇姑娘。」他回過神來，微笑著與來人打招呼。

「都說多少次了，叫我喜薇就好，千萬別加什麼姑娘。萬一被輔國大人聽見了，可是會責罰我的。」她笑著把藥碗放到君懷憂手邊。

「離塵不會那麼小氣的。」君懷憂看著那碗棕紅發黑的湯藥，微不可聞地嘆了口氣，「這個還要喝多久啊？」

「張太醫原本開了七劑，但輔國大人覺得補氣血還是多多益善，所以加到了十五劑。今日是第七劑，公子您只要再服用八日就可以了。」喜薇數著手指算給他聽。「還有關太醫和李太醫開的藥方，輔國大人說等這帖藥喝完了再說。」

他絕對不是討厭喝苦藥的小孩，喝中藥也不會反胃，可是這麼喝下去……

他推開碗藥，露出拒絕的表情。

「公子！」身旁傳來一聲尖叫。「您是不想喝嗎？」

「喜薇姑……」他嚇了好大一跳，「妳怎麼……」

淚水從喜薇圓滾滾的貓眼裡滑了下來，君懷憂敢發誓，他真的聽到了「刷刷」的聲音。

「公——子——」喜薇拖長了音調，淒淒慘慘地說，「您為什麼這麼恨喜薇呢？喜薇雖然長得美麗動人，但那也不是喜薇的錯啊。再說，喜薇再美也比不上您的一根頭髮，我……」

「夠了，喜薇。」君懷憂手忙腳亂地把手巾遞給她，「妳在說什麼啊？我什麼時候恨妳了？」

「可是您不想喝藥啊。」喜薇接過手巾，擦了擦鼻涕。「您不喝藥，輔國大人一定會生氣，那喜薇就慘了。說不定，輔國大人一怒之下，就把喜薇的鼻子割了下酒，那可怎麼辦啊？」

「不會的。」君懷憂失笑。「妳把他當成什麼了？他又不是妖怪，怎麼會拿妳的鼻子下酒？」

「才不是呢。」喜薇捂住自己的鼻子，「我就覺得他會。我可憐的小鼻子啊……」

「好了好了，我喝了還不行嗎？」他無奈地拿起藥碗，屏住呼吸灌了下去。

「來吃顆蜜餞吧。」喜薇笑嘻嘻地捧上果盒。

他吃驚地望著喜薇那張乾乾淨淨、明眸皓齒、露出燦爛笑容的臉蛋。

「公子。」

「怎麼了？」他覺得有點中氣不足。

「我好無聊啊——」

「是嗎？」君懷憂往後退了一些。

「你不覺得無聊嗎？」她不知從哪裡找出一個拂塵在君懷憂周圍揮來揮去。

「還好。」

「啊？」她揮著他的肩膀、頭髮和後背。

「喜薇，妳到底想做什麼？」再也無法忍受她的騷擾，君懷憂頭痛地問道，「妳也可以去做妳自己的事情啊。」

「除了伺候您，我還有什麼事可以做？」

「那妳出去玩吧，好不好？」他和她商量著。「我就躺著看一會書，妳不用守著我。」

「不行，我要『寸步不離』地跟著你。」她無限幽怨地嘆了口氣，然後開始念：「最是白頭宮女，淒淒慘慘憂無數，可憐少艾佳人……」

「那，不如我們到院子裡曬曬太陽。」

「不用了。」喜薇輕飄飄地打斷他，「昨天院子裡有幾根草我都數過了。」

「那妳要怎麼辦？」他也覺得無聊，可是君離塵說在傷好之前都要留在宮裡，他寄人籬下，也沒辦法說什麼。

「不如，我們去逛逛吧。」喜薇跳到他面前，熱切地建議。

「逛逛？」他不能理解地重複。

「四處看看啊，公子，你在這裡住了一個月，都沒有逛過皇宮吧。我帶你去御苑逛逛好不好？」她精神抖擻地把雞毛撣子插到脖子後面，忍不住手舞足蹈起來。「我跟你說，御苑一點都不好看，但裡面有好多漂亮的宮女姐姐呢。」

「這……不是說，男子不得擅入後宮嗎？萬一被發現了，我可不想給離塵添麻煩。」

「不被發現是吧？這個好辦。」喜薇的眼珠轉了轉，朝他嘻嘻一笑。「交給我吧。」

她跑出去外間翻找一陣，然後抱著一堆東西回來了。

「喜薇。」君懷憂看著那堆東西，往後縮了縮，「妳這是在開玩笑，對吧？」

「不是。」

「我怎麼能穿這種東西？」他震驚地盯著喜薇手上的……

「為什麼不能穿？」她把那件綠色的裙子在他身上比了比，「宮裡都知道這裡只有宮女，裝成內侍很容易被認出來，這樣怎麼能明目張膽地跟我亂逛？再說，他們也搞不清我這裡的女官到底是哪幾個，也就不用擔心被人識穿啦。」

「不行。」他認真嚴肅地說，「我絕對不會穿這種東西出門的。」

「該梳什麼髮式好呢？公子的臉也不大，梳什麼樣式應該都好看。」喜薇自說自話地在一堆首飾中挑來挑去，「就這個吧。和衣服正好相配，再梳一個流雲髻，肯定特別好看。」

「不要。」君懷憂防備地看著她手裡那支金步搖，「我絕對不會扮成女人的。」

「啊，沒有耳墜可不行。有了，我記得有一副可以黏在耳朵上的。」

「喜薇，妳聽見了嗎？我說我絕對不要……」

「聽見了。」喜薇不耐煩地打斷他，「鞋子看起來和我差不多，應該可以穿。」

他心裡越聽越毛，於是偷偷從床上溜了下來，想要跑到外面去。

「公子。」喜薇一把拉住他，「您想去哪裡啊？您不會是反悔了吧。」

「我根本沒答應……」

「公子，喜薇會一直哭一直哭的喔。」喜薇再次眨著圓圓的貓眼。

他痛苦地閉上眼睛。

「半個時辰。」他做出讓步，「我只能裝半個時辰。」

「三個時辰好不好？」

「一個時辰。」

「三個時辰好不好？」

「一個半時辰。」

「三個時辰好不好？」

「兩個時辰，最多最多兩個時辰。」他咬了咬牙。

「好，那就兩個時辰。」喜薇握拳高呼，「贏了！」

君懷憂無力地趴在桌上。

「喜薇，妳可以把嘴巴合起來了吧。」他無比羞恥地捂住臉。

「啊——」看不見了。

「妳做什麼啊？」他看著正用力扳開自己手掌的喜薇。

「太……太……太……」她的嘴巴開開合合。

「不是妳非要我穿嗎？」知道她想說什麼的君懷憂無奈地嘆了口氣，「喜薇，我是個男人，穿成這樣自然很奇怪。」

「你真的是男人嗎？」喜薇發出尖叫，「我不相信。」

「妳這是什麼話？」君懷憂微微皺起了眉頭。

「沒天理，太沒天理了！」她索性用力跺腳，「你當男人已經特別好看了，為什麼當女人還能這麼美啊？」

「我不是『當女人』，只是被迫『扮成女人』而已。」他難受地拉扯著那條裙子。

「怎麼可以比我美上十倍，我本來以為最多好看一倍的。」喜薇蹲在地上自憐自哀，「你好過分。」

「我還是脫了吧。」他轉身走向屏風。

「不行！」喜薇比他速度更快地擋住了去路，「我花了這麼久的時間才裝扮好的。」

「妳把我打扮成這副摸樣，要是被認出來該怎麼辦？」

「根本沒人認得出來。」她又愛又恨地說，「長得好看就是占便宜。」

君懷憂無奈地看著她，也不知道自己到底哪裡占便宜了。

哪裡占便宜不知道，他只知道自己的腿要斷了。

坐在角落裡的君懷憂捶著腿，不知有多痛恨自己這不知拒絕的壞習慣。

他跟著喜薇沿著樹叢牆角在御苑之中「觀光」，時不時被樹根磚石絆到，根本沒有欣賞到什麼風景，還要跟做賊一樣東躲西藏，偷偷摸摸，為的就是在角落裡看那些「漂亮的宮女姐姐」。兩個時辰下來，他一直都在懷疑人生。

結果好不容易逛完了，喜薇又說自己手鍊掉了要回頭去找，這一找也不知要找到什麼時候。他倒是想快點回去，但又生怕走錯路或遇到別人，只好找個角落蹲著等喜薇一起走。

蹲著蹲著，春日裡微風習習，他忍不住有些犯睏。

面。

韓赤葉一把抓住正在和他說話的君離塵。

君離塵正要問話，便看到他做出噤聲的動作，並把自己拉到一塊太湖石後面。

「你這是……」君離塵不明所以，又被他揮著手打斷了。

「君大人。」隔了好一會，韓赤葉才轉過頭來，用一種難以形容的表情看著他，「我可能有些眼花，你過來替我瞧一瞧。」

君離塵疑惑地湊了過去。

「你看，那個宮女……是個宮女吧？」韓赤葉壓低了聲音說，「是不是有點眼熟啊？」

君離塵朝他指的方向看了過去。

繁花深處，綠葉叢中，有人正支頷淺睡，長長的頭髮垂落下來，半掩著臉龐。

「我以前沒有見過這位姑娘，可是……」韓赤葉驚愕得無以復加，「我怎麼會覺得似曾相識呢？難道這就是傳說中的……君大人！君大人你去哪兒？」

只見君離塵突然從太湖石後走出來，筆直往「姑娘」走了過去。

君懷憂迷迷糊糊地覺得有人站在跟前，茫然地睜開了眼睛。

「離塵？」他揉了揉眼睛，「你回來啦。」

話剛說出口，他突然意識到不對，保持著揉眼睛的姿勢僵在那裡。

君離塵一言不發，只是盯著他看。

「大人……」他只好用袖子擋著臉，提高嗓子，「見、見過大人。」

說完他就後悔了。

自己剛剛還喊了他的名字，又在這裡裝女人騙他，到底是有多蠢。

「君大人，你認識這位姑娘嗎？」

韓、韓赤葉？君懷憂咽了口口水。

他看著旁邊的枯枝爛泥，想著是不是應該撲過去把臉弄髒，突然，有人抓住了他的手腕把他拎了起來，接著就被按著腦袋摟進了懷裡。

「別動。」君離塵的聲音在他耳邊響起，嚇得他立刻不敢掙扎了。

「君大人，這位姑娘是……」韓赤葉探頭探腦地看著。

君懷憂把臉整個貼在君離塵的胸前，一動也不敢動。

「韓大人，他是我的。」君離塵用寬闊的袖子擋住了韓赤葉的視線。

韓赤葉吃了一驚，隨即意會。

「原來……」韓赤葉難掩失望，「原來這位姑娘是君大人的紅顏知己。」

「韓大人，林尚書不是還在等你？」君離塵問他。

看君離塵擺明不想介紹美人給自己認識，韓赤葉只好悻悻然地走了。看到他走遠，君離塵這才放開了手臂。

君懷憂僵硬地退了幾步，差點被石頭絆倒，還是被君離塵拉了一把才沒有摔倒。

「離塵，我……我這樣……那個……」他低著頭，支支吾吾地想要解釋。

君離塵只是靜靜地看著他。

「我……也不是……這個……」被他盯得喘不過氣，君懷憂越發語無倫次起來。

「大哥。」君離塵開口，語氣平和，「你穿成這樣，是為了給我一個驚喜嗎？」

君懷憂只覺「轟」的一聲，臉上燒了起來。

「離塵，你就別開我玩笑了。」早知道是這樣，打死他也不會穿成這樣，「我、我只是想出來逛逛……」

「喔。」君離塵無所謂地應了一聲。

「那我還是先回去了……」君懷憂恨不得找個地洞鑽進去。

「你認得回去的路？」君離塵沒有阻止，只是問他。

只見君懷憂瞬間愣在當場，君離塵終於笑了出來。

「離塵。」君懷憂無奈地呻吟了一聲。「你不要笑我了，我已經快無地自容了。」

「那不知我有沒有這個機會，可以護送這位姑娘呢？」君離塵帶著笑問道。

君懷憂擋著臉，只覺得這是自己一生中最最尷尬的時刻。

君離塵望著他，眼中流露出自己也未曾發現的溫柔情緒。

南柯奇譚

NAN KE QI TAN

第九章

「我好無聊啊——」

在一個晴朗的午後，皇城內偏殿沉瀾澗的後院裡，傳出了一聲淒涼的呼喊。

「我一點也不無聊。」回答她的，是一個略帶惱怒的聲音。

「我只是喊喊嘛。」她心虛地說道。

「喜薇。」君懷憂頭痛地看著她，「妳難道真的要讓離塵處罰了，才不會覺得無聊嗎？」

上回喜薇把他打扮成女人，帶著他在後宮溜達的事雖然不算後果嚴重，卻偏偏讓君離塵撞到了。後來他好說歹說，喜薇才沒有被處罰，可要再來一次，難保君離塵不會真的惱火，到時想要求情也難了。

「所以我才只是喊喊嘛。」她也知道惹火了可怕的君大人不是開玩笑的，為了這件事她也是擔心受怕了好久。

「妳就沒別的事好做了？那我沒來以前妳都是怎麼過的？」

「以前？以前我很快活的。」喜薇大大的眼睛裡閃動著淚光，「起床以後，我會去御膳房逛逛，帶點食物去千歲湖享用，順便餵餵小魚。下午我會到西華園的別愁亭曬曬太陽，看看漂亮的宮女姐姐，然後再睡個午覺。吃過晚飯後刑求一些囚犯，半夜出城殺掉一些叛賊亂黨。一般五更回來，一覺睡到中午，好快樂呢。」

他越聽越覺得離譜，喜薇難道是太過沉悶所以發了瘋？真虧她想得出這麼離奇的故事。

「沒想到妳居然是個俠女。」君懷憂笑著逗她。

「俠女我才不稀罕，當個殺手刺客倒是挺有趣的。」喜薇嘆了口氣，「可是我現在只能當個宮女而已。」

「那妳先好好當宮女，有機會再去做別的工作吧。」

「唉——」喜薇繼續嘆氣，「不論什麼也好啊，只要不無聊……」

「喜薇姑娘！」話還沒說完，就有人跑進院子喊了她一聲。

「花葒？」喜薇眉一抬，「妳進來幹什麼？不是讓妳去熱點心給我，不，是給公子吃嗎？」

「喜薇姑娘，先別管點心了。」花葒附到她耳邊，嘰嘰喳喳說了一陣。

「我知道了，妳讓他們先候著。」

君懷憂不解地看著一邊跑出去還一邊回頭注視著自己的花葒：「怎麼了？是到湖裡偷蓮蓬的事被發現了？還是採牡丹被抓住了？」

「不是。」喜薇一向少有正經的臉突然嚴肅起來。「公子，我們有麻煩了。」

「我們？」君懷憂一時反應不過來。

「確切地說，是您有麻煩了。」喜薇走到屏風後面，像是在找什麼東西。

「我有什麼麻煩？妳說清楚啊。」君懷憂也跟著站了起來。

「太后傳召，說要見您呢。」喜薇走了出來，手裡拿著衣物配飾。「快點換件衣服，可不能讓太后等太久。」

「太后？」他疑惑地問，「太后為什麼要見我？」

「因為她像我一樣無聊。」喜薇嘆了口氣，動手為他解開外袍。「只希望不是找麻煩才好。」

「太后為什麼要找我的麻煩？」

「好了。」喜薇手腳迅速地替他整裝完畢，又把他拖到桌邊，開始幫他梳頭。

「喜薇！」

「那可是太后，我怎麼知道啊？不過，君大人如今位高權重，這宮裡沒有誰敢為難公子，多半就是想見您一面吧。」喜薇拿過髮帶，替他綁好頭髮。

「那妳為什麼說太后要找我麻煩？」

「這個……我也不好說，太后一向待人溫和，但您也知道，一個漂亮又年輕的女人守寡多年，又被困在皇宮中虛度年華，性格多少會變得有些古怪。說起來，她肯定十分寂寞，加上她年輕貌美，而公子英俊瀟灑，萬一你們乾柴烈火……」

「喜薇！」君懷憂瞪著她，「怎麼說著說著又開始胡言亂語，一點分寸也沒有。」

「是啊，我只是胡說。」誰知道太后突然要見他到底有什麼事。「不過，公子還是要注意啊。」

「那……」不去當然是不行的，可突然要去見太后也教人十分憂愁。「我該怎麼做？」

「頭低一點，問什麼答什麼就行。」反正大人應該很快就會趕過去英雄救美的。

不過，為什麼要用「英雄救美」這個詞？

「萬一我說錯話了怎麼辦？」

「也沒什麼關係，太后看在君大人的面子上不會和公子計較的。」太后對君大人的心思大家私底下誰不明白？她絕對不敢惹君大人生氣，只怕她自作聰明……

「喜薇，妳是不是有事瞞著我？」

喜薇一愣，隨即笑了：「沒什麼事，只是怕太后問一些不好回答的問題，讓公子覺得尷尬。」

「沒什麼，到時候我裝傻就好了。」

「還有，公子記得要多提起您和君大人兄弟情深，太后聽了一定會很高興的。」聽說太后派了不少人調查君家的事，也不知查到了什麼，和此次召見有什麼關聯？

君懷憂點了點頭。

「公子也不要多想，興許太后只是想找個人聊聊天罷了。」打扮妥當，喜薇把他推到門邊，「這宮裡的人，個個都無聊著呢。」

「你就是輔國大人的兄長？」紗帳後面傳來問話的聲音。

和他想像的不同，這聲音沒有尊貴威嚴的感覺，反而顯得特別年輕。

「是，草民正是君懷憂。」謹記著喜薇的囑咐，君懷憂始終半低著頭。

「抬起頭來，讓我瞧瞧。」

他一愣，卻只能依言把頭抬了起來。

透過朦朧的紗帳，他能看見金色長榻上半倚著一個玲瓏的身影。

太后顯然也在打量他，打量的時間稍久，卻一直就沒有說話，直到他膝蓋都有些痛了，聲音才又傳了出來。

「賜座吧。」

「謝太后。」坐上凳子，君懷憂才終於鬆了口氣。

「聽說你在家裡是經商的，沒想到卻沒什麼市儈商人的氣息。」

「草民為了生計做些小買賣養家活口，全仰賴太后和皇上仁德，如今國泰民安，四海升平，草民這樣的小商人才能有些微薄的家產。」

「倒是會說話。」帳後傳來輕微笑聲，話鋒卻突然一轉，「聽說君家祖上也是以詩書傳家，我看你也算儀表堂堂，雖不知人品如何，但怎麼就落魄到行商斂財了呢。」

君懷憂又是一愣，一時不知道該怎麼回話。

這個時代大多重文輕商，雖然他家財豐厚，但在世人眼裡，不過就是個銅臭市儈的商人，就算之前那些京官願意和他往來，可大多都看不起他。這件事他心裡也很清楚，但還是第一次被人當面奚落，偏偏還不能反駁辯解。

他只能乾笑幾聲，表示自己就是沒出息。

「聽說君大人和你已經有十數載未見，你應該也想不到他如今會是家中最有成就之人吧。」

「確實如此。」君懷憂突然之間隱約明白了她的目的，忍不住把背挺直了些。

「我聽說君大人少年時候，是被趕出家門的？」

「這……草民慚愧，的確是這樣沒錯。鄉間民風愚昧，我父母過世後，叔父、表親還有族中的一些長老認為離塵八字過硬，命克親友，所以把離塵趕出家門。」他覺得沒必要隱瞞什麼，況且這個太后顯然是來為難自己的。「我那時尚且年少，也無力阻止，心裡一直十分過意不去。」

「愧疚就不用了，如今他不計前嫌，還願意與你以兄弟相稱，又處處照拂於你，你也應該感激他這分大度才是。」

君懷憂點點頭，心裡卻覺得十分彆扭。

她一個太后，卻以興師問罪的架勢過問臣子的家事，也不知是為了什麼。

「君大人心胸寬廣，這是我最為欣賞他的一點。」

他繼續點頭稱是，但總覺得這句話聽起來有些奇怪。

「唉。」太后輕輕嘆了口氣，「真羨慕你……」

君懷憂驚訝地抬起頭，隨即又低了下來。

「啟稟太后，君離塵君大人來了。」這時，有宮女在門口說道。

聽君離塵到了，君懷憂的心裡鬆了口氣，雖然太后也沒說什麼，但總讓他覺得很不舒服。

「快請君大人進來。」紗帳裡斜倚著的身影立刻坐直起來，聲音語調聽起來更是和剛才的高傲疏遠判若兩人。

君懷憂忍不住皺了皺眉頭。

「臣君離塵見過太后。」君離塵腳步匆忙地走了進來，他身上還穿著暗金紋的官服，顯然是從前殿議事的地方趕過來的。

見他望著自己，君懷憂微微點了點頭，示意一切安好。

「左相這麼快趕過來了？」太后在裡面掩嘴而笑。「難道怕我為難你的兄長不成？」

「當然不是，臣是怕兄長笨口拙舌，萬一惹怒太后，臣可擔當不起。」君離塵拱著手，語氣略帶冷淡。

「怎麼會呢，你的兄長談吐有禮，進退有度，一派大家風範，哪裡笨拙了？」

「多謝太后誇獎，太后如此關心微臣的家事，令微臣十分感激，微臣……」

「君大人為何如此客氣？」太后出聲打斷他，「你乃是國之棟梁，我身為太后，關心你……的家人也是應該的。」

君懷憂低著頭，細細品味著她說這些話的語氣和這奇怪的停頓。

「臣實在惶恐。」君離塵像是有些無奈。「太后如此厚愛，臣只怕擔當不起。」

太后不回話了，四下跟著一片靜默。

這時君懷憂卻不安起來，太后和君離塵說話的時候，為什麼要帶著埋怨似的情緒？離塵的態度也處處透著奇怪。

她年輕貌美，你英俊瀟灑……

不知怎麼想起了剛才喜薇說過的話，君懷憂心裡一驚，朝君離塵看了過去。

離塵不會是……不，這怎麼可能，對方是太后啊。離塵不可能會傻到……

但這種事，又有什麼絕對呢？按離塵的性格，若真是喜歡對方，一定不會輕易放棄，就算是地位懸殊……

君懷憂正胡思亂想的時候，太后的聲音又傳了過來：「君大人，你家中的桃花，已經謝了吧？」

「已近夏至，桃花自然是謝了。」君離塵半垂著眼，面無表情地答道，「春光雖美，但卻易逝。桃花多嬌，花期苦短。臣雖有惜花之情，但天意又怎可違背？只望下一季，能再約於春日。」

君懷憂聽了，不知為什麼覺得有些心寒。他忍不住抬眼，卻正巧看見君離塵狀似無奈半低著的臉上，閃過一絲不耐。

「算了。」太后的聲音傳了過來，有些無精打采，「我有些倦了，你們都下去吧。」

望著紗帳後頹然埋首的身影，君懷憂的心狠狠一沉。

從太后居住的舞鳳宮出來，君懷憂一直低著頭，跟在君離塵身後慢慢走著。

「太后沒有為難你吧。」走到僻靜處，君離塵停了下來，回頭問他。

他搖了搖頭，越過君離塵，走到前頭。

「你這是怎麼了？」君離塵一把拉住他。

他若有所思地望著君離塵。

「她為難你了是嗎？她說了什麼？」君離塵緊盯著他問，「是不是說了什麼不好聽的話？」

「沒什麼。」他把衣袖從君離塵手裡抽了出來。

「她到底說什麼了？」君離塵皺起眉頭，轉而抓住他的手腕。

「她能跟我說什麼？」他力氣很大，君懷憂掙脫不了，只能任他抓著。

「她定然是羞辱你了。」君離塵挑眉問道，「不然你為什麼悶悶不樂？」

「不是那樣的。」君懷憂抬起頭來，看進了他的雙眼，「離塵，我問你，你和太后有沒有私情？」

「是誰說的？」君離塵一震，臉色都變了。

「沒有人和我說，但我也不是傻子。」君懷憂的臉色也不是很好。「你們這樣眉來眼去，誰見了都會這麼想的。」

「我和她沒有私情。」君離塵堅決否認。「而且我何時與她眉來眼去了？」

「那麼，你是在欺騙她的感情嗎？」他緊緊盯著君離塵的眼睛。

「你在胡說些什麼？」君離塵眸色一暗，心裡卻有些慌亂起來。

「你是不是為了達成某些目的，故意與她曖昧不清？」君懷憂失望地看著他。

「那又怎樣？我和她從未逾矩，她怎麼想是她的事，與我有什麼關係？」

君懷憂驚訝地望著他，不敢相信他居然會說出這種話來。

「就算她喜歡上你，你不喜歡她，也不可以這樣利用她。」君懷憂有些惱火地甩開了君離塵的手，「你這樣玩弄別人的真心，終究會後悔的。」

「後悔？」君離塵冷哼一聲，「這世上有什麼事值得我後悔的事情？」

「你簡直……不可理喻。」君懷憂不想再和他說話，說完便拂袖而去。

「你懂什麼？」君離塵怒極，在他身後說道，「你憑什麼給我臉色看？」

君懷憂不再理他，徑直離去了。

被拋下的君離塵臉色青白，翻騰的怒火簡直要破胸而出。

他一聽君懷憂被太后召見，就扔下滿朝大臣急忙趕來舞鳳宮，就怕他被太后奚落侮辱，可他絲毫不領情，居然敢這麼對他。

等再過幾天那些無關緊要的人到了，君懷憂豈不是……就更不願意搭理他了？

君懷憂確實不想搭理君離塵。

不過三天後，他還是從皇宮裡搬了出來，回到了輔國左相府。

一來，是自從被太后召見後，他心裡就不太舒服，只覺得皇宮越住越讓人心裡壓抑。二來，是那天之後，君離塵大動肝火，再也沒有踏進過沉瀾澗，似乎是在跟他嘔氣，他覺得這樣沒什麼意思，就想著要回君家的鋪子裡住。只是君離塵派人回話，說要出宮可以，不過只能搬回他的府上。

他當然不願意，但又見不到君離塵，這樣僵持著也沒用，所以他就想著先出了宮，然後找機會搬回去鋪子。

不過君離塵顯然也猜到了他的想法，讓喜薇跟著他一起回來，擺明要監視他。

「這間屋子好恐怖啊。」喜薇站在君懷憂房間的窗前，望著一大片的茂密竹林說，「怎麼在家裡種這麼大一片樹林，挺嚇人的。」

「喜歡清靜吧。」君懷憂也走了過來，「離塵不喜歡吵鬧，所以家裡人也少。」

這府裡到處樹影重重，確實有些「庭院深深深幾許」的味道。

「對了，公子的家在青田吧。那裡有趣嗎？有什麼好吃好玩的嗎？」喜薇抓起桌上的水果，隨興地吃了起來。「我好像都沒有聽你提起過家裡的事情呢。」

「青田嗎？比不了上京，是個小地方，也沒什麼特別的風景。」君懷憂笑了。「至於我家裡也沒什麼好說的，就是人多比較吵鬧，有時候想清靜一會都挺難的。」

「真好啊，我一直羨慕家裡有很多兄弟姐妹，一群人在一起熱熱鬧鬧的。」喜薇托著自己的下巴，一副嚮往的表情。「每天就想著吃什麼去哪玩，然後一天天地浪費時間。」

「妳不是想當個刺客或殺手嗎？」君懷憂笑她。「怎麼突然變成每日吃喝玩樂了？」

「哪個有家人、有朋友的人，願意過刀口舔血的日子。」喜薇嘆了口氣，「也就我這種沒爹沒娘沒人要的孩子，沒有別的路可選了。」

她說得好像真的一樣，君懷憂忍不住笑了起來。

「對了。」喜薇突然眼珠一轉。「你成親了嗎？」

「十六歲時就成過親了，不過我與賤內夫妻緣薄，她在生產時去世了，只留下一個遺腹子給我。」

「你覺得我怎麼樣？」

君懷憂一時間沒聽明白。

「你家裡這麼熱鬧，我一個人這麼冷清，要是我嫁到你們家，一定會很快樂的。」喜薇數著手指跟他說自己的優點。「我長得好看，吃得不多，又生不出兒子，簡直就是續弦最最完美的人選。」

長得好吃得少也就算了，生不出兒子真的算是好處嗎？

「雖然我的妻子亡故，但家裡還有兩個妾室，也沒有準備續弦再娶。」君懷憂知道她就是無聊胡說，但還是覺得一個姑娘這麼大剌剌的不合適，就勸她說：「再怎麼繁華熱鬧總會散場，妳應該找一個自己喜歡的人，然後和他相伴終身，才能真正地遠離孤寂。」

「聽起來不錯。」喜薇咧嘴笑了。「可要是他死得比我早，我一個人不又是孤零零的？不過如果他家裡人多，就算他死了我也能過得熱鬧一點。」

君懷憂一時無語。

「你這人想法真的挺奇怪。」喜薇趴在桌上看著他，「不過我要是真的喜歡你，一定會想盡辦法嫁給你的。」

也不知是誰的想法奇怪，君懷憂只能當做沒聽到。

「你已經離開家一段時間了吧。」喜薇卻不放過他。「那你想不想你那兩個妾室？」

「我也覺得離家太久了。」君懷憂輕輕皺起眉頭，「我留在這裡本來是為了和離塵親近一些，好好補償他。可如今看來，我還是太過自以為是了，應該早些離開這裡，免得與他生出更大的嫌隙。」

「那倒也是。」喜薇左右看看，小聲地說，「君大人那麼喜怒無常，萬一有一天不小心得罪了他，日子就不好過了。」

「我想過了，每個人的追求都不一樣，我不應該把自己的想法強加於他，畢竟我對他來說，只是個可有可無的兄弟。」君懷憂無奈地笑了。「離塵這個人心思太重，也沒什麼能親近的人，一定活得十分孤獨。喜薇，妳往後要多照顧他，妳個性活潑可愛，一定能讓他過得開心一些。」

「咳咳咳咳咳！」正在吃梨的喜薇差點被嗆死。「關我咳咳咳、關我什麼事啊？」

「妳不是喜歡離塵嗎？我看妳總是圍著他和他說話。」他輕輕幫喜薇拍著背。「離塵人品樣貌都十分出色，妳喜歡他也不是什麼奇怪的事。」

「咳咳咳咳咳！」喜薇彎著腰，咳得更厲害了，「水！水！」

「沒水了，我去取。」他匆匆拿起茶壺往門外跑。「妳等我一下。」

等君懷憂跑遠了，喜薇才直起身子不再咳嗽，她看著大門想起剛才的那些話，猛地打了個寒顫。

嚇死人了！為什麼……為什麼會有這樣的誤解？

「可惡！」她握緊拳頭，拚命忍住把桌子掀翻的衝動。

寄人籬下，要忍耐。

君懷憂最近一直想著，一見到君離塵，就和和氣氣和他說要回青田的事情。

兩個人怎麼應答他都想了許多遍，結果卻一直沒找到機會。最近邊關告急，君離塵來去匆匆，臉上總帶著疲倦，他不知怎麼，就覺得如果自己要走可能會讓君離塵不開心，就這樣一天天地拖了下來。

「唉——」他嘆了口氣。

「公子！公子！」喜薇一路小跑衝進了他的房間。

「怎麼了？」他放下帳冊。「妳偷吃又被廚娘發現了嗎？」

「不是，是門外有人找你。」喜薇一臉激動，「有很多人呢。」

「找我？」看她奇怪的表情，應當不是鋪子裡的管事。

「說是你家裡的人，弟弟兒子什麼的。」喜薇數著指頭。「還有女眷呢。」

「什麼？他們怎麼來了？」君懷憂急忙站了起來，喜薇眨了眨眼睛，跟著跑了出去。

到了門口，君懷憂被面前龐大的隊伍驚呆了。

「莫舞？」他一個個看了過去，「清遙，怡琳，素言，你們怎麼都來了？」

「大哥你一直不回來，我們不太放心，所以就一起來上京找你了。」君莫舞看著他身後的那扇大門，臉上滿是敵意。

「這……那也不用這麼多人……」大庭廣眾，君懷憂也不好說什麼，「那你們現在住在總鋪？」

「是的。」

「懷郎！」這時怡琳擺脫素言，一下子撲過來拉住他的手臂，「我想死你了！」

「那不如我們先回鋪子。」君懷憂想了想，擅自把這麼多人帶進相府也不太好。「我正好有事想問你。」

「也好。」君莫舞看不慣怡琳沒規矩的樣子。「素言，妳帶怡琳回馬車上去。」

「懷郎。」怡琳撒嬌似地喊道，「我要和你坐同一輛馬車。」

「聽話。」君懷憂略感頭痛地抽出手。「我有事要問莫舞。」

素言趕緊借機把她拉走了。

「榮總管，你和離塵說一聲。」君懷憂回過頭去，對站在門口的總管說，「我回鋪子一趟，今夜可能就不回來了。」

「這……」總管顯得有些為難。「主上定會怪我怠慢各位，不如就進府裡敘話吧。」

「沒關係的，若他問起，你就說我執意要回去好了。」離塵那麼忙，也未必會在意這些小事。「明日一早我就回來。」

「大哥，你就別再過來了吧。」君莫舞對他說，「我們改日再來和君大人辭行。」

「這些事待會再說，我們先走。」君懷憂拉著君莫舞轉身上了馬車。

「榮總管，這事可怎麼辦啊？」喜薇看著離去的一行人，再看看總是一副死人臉的總管。「人要是真的跑了，你的主子說不定會發火呢。」

「洛先生以為呢？」

「我有什麼好以為的？」喜薇笑了笑。「你快點通知主子才是正理。」

「主上近日忙於政事，要是貿然稟報，是不是不太妥當？」總管還在猶豫。

「你可別不信我，要是沒有及時通知，才真是不妥當啊。」喜薇掩嘴打了個哈欠。「我先好好睡一覺，晚上八成有好戲看，沒精神可不行啊。」

她一邊說一邊走進門，總管想了想，還是招了人過來吩咐：「你速速進宮通知主上，就說君家家眷來了上京，大少爺隨他們回城東君家的商行了。」

南柯奇譚
NAN KE QI TAN
第十章

「大哥，你為什麼不願意立刻動身和我們回青田呢？」

稍晚，在君家商鋪的後院花廳裡，君懷憂和君莫舞面對面坐著，君莫舞正焦急地追問他。

「莫舞你也太輕率了，我不是說我自有安排，而你帶著這麼多人衝到上京來做什麼？為什麼不問過我再做決定？」君懷憂心裡也很焦慮，難得用嚴厲的口氣和君莫舞說話。

「大哥獨自留在上京這麼久，家裡每個人都在為你擔心，所以我就想過來看看。清遙和素言他們非要跟著一起過來，我也想過，如果真要有什麼事，就算大家待在青田也是避不開的，不如到上京和大哥共同進退。」

他一副豁出去的樣子，讓君懷憂既是感動又覺得好笑。

「什麼共同進退？清遙到底是怎麼和你說的？我這不是好好的嗎？」君懷憂無可奈何地搖了搖頭，「我本來就決定最近要回青田，你們這樣都過來了，反而多出了許多事情。」

「大哥雖然這麼說，但真的能輕易離開嗎？」

「這話是什麼意思？」

「雖然清遙與我說君離塵待你不錯，但我總覺得這不合常理，我們家過去對他那樣絕情，他可不是什麼以直報怨的人物，不報復我們就已經難得，怎麼可能還會如此親近？」君莫舞緊鎖著眉頭，「他如此反常，興許是別有圖謀，大哥你性情耿直，根本不知世途險惡，我怕你會吃大虧。」

「你是不是想太多了？」君懷憂不以為意，還笑了出來。「怎麼把離塵想得那麼不堪，他根本不是那樣的人，他對君家也沒有記恨什麼，就是性情偏執了些，容易引人誤會。」

「大哥，你可知自己在說什麼？」君莫舞驚訝地看著他。「他可是君離塵啊。」

「天下王」隻手遮天，狠毒無情，世間無人可出其右，尤其在這上京地界，甚至沒人敢提起他的名字，難道只是因為他「性情偏執」？大哥這是被灌了什麼迷湯，竟然能說出這種話來？

「大哥，你要知道他……」君莫舞想了想，還是沒有繼續與他討論君離塵究竟是什麼樣的人，轉而對他說道：「總之我們都已經來了，大哥一日不回青田，我們也就一日留在這裡。如果君離塵對君家寬容相待，那也沒什麼好擔心的。」

「對啊。」

君懷憂還沒回話，花廳的隔窗外便傳來附和之聲。

「怡琳？清遙？」他一眼就看清了窗外探出的那幾個腦袋，「素言，怎麼連妳也……」

「爹，我們也是擔心你啊。」君清遙不滿地說，「你說二叔是個好人，可我就是覺得他古怪，你孤身一人留在上京，萬一吃了虧那怎麼行？」

「我還沒說你呢，我讓你回青田，不是讓你回去攛掇大家一起來上京的，你忘了答應過我什麼嗎？」

「我只答應爹會好好回去青田，你也沒說不能再來上京啊。」君清遙聳聳肩。

「懷郎，你可別想再拋下我了。」宋怡琳扁著嘴。

「相公，我們也是擔心你……」周素言半低著頭，絞著袖子。

「算了算了。」人來都來了，繼續說下去也沒意思。「既然大家都來了，就在上京住幾日，待我和離塵好好道別，我們大家一起回去就是了。」

眾人的臉上都露出喜色。

「大哥，君離塵會輕易讓我們走嗎？」君莫舞問。

「為什麼不會？」君懷憂疑惑地反問，「我也不好一直留在上京啊。」

「那我明日便陪大哥去與他辭行。」

「不用了，我去和他說就好。也不用這麼急促，過幾日也是可以的。」君懷憂說出了自己的擔憂。「若是一來一去如此急促，外人總會揣測我們是不是和離塵有什麼嫌隙，要是對他聲名有損，那就不好了。怡琳素言，妳們不是沒來過上京？這幾日就好好逛逛吧。」

「大哥！」

「莫舞。」君懷憂正色說道，「如今外面的人都知道我們與君離塵的關係，我們便不能只顧著自己。」

「待回到青田，我們就過我們的日子，任他如何富貴榮華，與我們也沒有關係啊。」

「唉——」君懷憂長長嘆了口氣，又不好告訴他若是君離塵造反了又不成功，君家一定會受到牽連，所以他們這次回家之後，就要開始想著該怎麼金蟬脫殼、轉移財產了。

「大少爺，三少爺。」這個時候，王管事的聲音在外面響起。

素言趕緊拉著一直沒有插上話的怡琳進到裡間。

王管事拿了張帖子進來，說是有人送到櫃上，也沒等待回覆就走了。

君懷憂伸手拿了過來，展開看了看，君莫舞和君清遙也湊了過來。

「君離塵要請我們過府敘舊？」看清之後，君莫舞訝異地問，「他要做什麼？」

「我也不知道……」君懷憂咬了咬下唇，「王管事，你去左相府上回覆一聲，說我們會準時到的。」

王管事應聲退了下去。

「爹，我們一定要去嗎？」

「大哥，我也怕……宴無好宴。」

「你們也別想得太複雜，你們這樣大張旗鼓地到了上京，他也不能不聞不問裝作不知道，那樣豈不是會讓人在背後說閒話？」

雖然不覺得君離塵會怕被人說閒話，但君莫舞也沒有再說什麼。

他總算看出來了，不知道是什麼原因，大哥對君離塵十分偏心，這讓他心中有些不安。

「那大家都準備一下吧。」君懷憂不知道他心裡糾結，朝著從裡面走出來的怡琳和素言說，「雖然我們都是一家人，但到時候還是注意一些，不要失了禮數。」

「懷郎，我們也能一起去嗎？」怡琳從裡間竄了出來，興致勃勃地問。

「上面寫了家宴，自然是要一同去了。」君莫舞沒好氣地瞪了她一眼。「不過，麻煩妳多吃東西少說話，萬一說錯了什麼惹惱那位君大人，這世上可沒人救得了妳。」

「懷郎，你看二少爺又在嚇唬我了。」

「無妨，都是自己家裡人。」君懷憂安慰她說，「不過離塵喜愛清靜，他府裡也是特別講究規矩，就算妳有什麼想說的話，也等回來之後再與我們說吧。」

「你們怎麼都把我當成長舌婦？我就吃東西不說話總行了吧。」她一把拉起素言，「我們回房梳洗打扮，妳今晚也要好好地裝扮一下，免得讓懷郎丟了面子。」

「大哥，你說他到底有什麼居心？」

「不就是一起吃個飯嗎？你就不要胡亂猜測了。」君懷憂揉了揉眉心，「希望一切都順順利利吧。」

人生總願事事順遂，但不如意事十常八九。

從一進門開始，君懷憂就覺得今日這「家宴」的氣氛有些異樣。

倒不是說君離塵如何冷淡如何敷衍，相反的，他態度溫和又親切，非但親自到門外來迎接他們，一路上還問了幾句君莫舞青田家裡的事情，最後還感嘆自己鄉音已改。

簡直假得讓人有些提心吊膽。

他聽著看著，心裡忐忑不安，一回過神，卻發現他們不是在往常的廳堂裡吃飯，而是改到了後院。

君離塵把筵席設在了東邊的水閣裡，這水閣三面臨湖，建造得十分精巧華麗，君懷憂看到的時候都不由得愣了一下。

其實左相府之前是某位皇親的私宅，一直是上京城裡最大、最奢華的宅邸。但君離塵生活上不講究排場，府裡的人平日都在前面的院子活動，所以君懷憂也是第一次來到這個地方。

眼前這座燈火通明的樓閣倒映在水上，四面垂著的薄紗正隨風輕擺，樂師歌姬在迴廊上奏樂唱歌，真有點「何似在人間」的感覺。

他看著這種場面，第一次有了「君離塵確實是人上人」的感悟。

可是到了裡面大家剛剛坐下，他還沒來得及誇君離塵有心招待，外面就通報說右相來了。

「他怎麼來了？」他詫異地問君離塵。「你也邀了他過來？」

「這是家宴，我又怎麼會邀請外人。」君離塵看樣子也有些意外。「不過人都到門外了，也不能不讓他進來，看看再說吧。」

韓赤葉落落大方地走了進來，整個人笑容滿面，絲毫沒有不速之客的自覺。

大家只好站起來歡迎他，君懷憂正準備向他介紹，他卻抬起手阻止君懷憂。

「一別經年，三少爺風采依舊。」他笑了一聲。「不知三少爺可還記得我這個故人？」

君懷憂這才發現君莫舞的臉色不太好看。

「韓丞相別來無恙。」君莫舞非常勉強地朝他拱手。「我這布衣草民，怎敢隨便與您攀附關係。」

「韓大人與我……三弟認識？」君離塵看著他們，眼中帶著幾分探究。

「其實，我先前聽懷憂兄說到青田，還提到了西山書院，一直想問但又怕只是巧合。」韓赤葉看起來倒是挺高興的，「沒想到莫舞竟然真的是君大人的兄弟，世上還有比這更有緣分的事情嗎？三少爺與我，當年在書院裡可是夜夜抵足而眠的同窗好友呢。」

君莫舞的臉色更難看了，但君懷憂看來，這其中似乎還隱隱透著慌張。

韓赤葉身分不凡，席次原本應該略作調整，但他謝絕了主客的位子，硬是頂著「與同窗好友敘舊」的名義坐到了君莫舞身邊。

筵席開始之後，菜點一道道地送了上來，都是平常少見的精緻美味。只是不知道為什麼，席間氣氛卻分外沉悶，連一向喜歡聊天的韓赤葉也像忘了「敘舊」，一雙眼睛在眾人身上看來看去。

而君離塵就像跟他商量好了一樣，也是一反剛才的熱絡，面無表情地坐在那裡喝酒。

除了絲竹輕歌，席間幾乎沒有人發出聲音，氣氛十分尷尬。

這麼下去恐怕會消化不良，君懷憂正想著該怎麼活躍氣氛，對面席上的君莫舞突然鐵青著臉站了起來。

「夠了，我根本不想聽你胡言亂語。」他對坐在身邊的韓赤葉怒聲斥喝。

這動靜太大，就連演奏的樂聲都停了下來，大家抬起頭吃驚地看著他。

「大哥二哥，我身體不適，今日先失陪了。」君莫舞匆匆說完，也不管別人是什麼反應，飛快地走了出去。

根本來不及說話的君懷憂頓時傻眼了，他怎麼也沒想到，居然是一向穩重的君莫舞會先出問題。

他還沒反應過來，對面的韓赤葉就帶著微笑站了起來，朝席上的眾人拱了拱手說：「是我說錯話惹三少爺動怒，我這就去跟他道歉，諸位還請不要在意。」

說完他也離了席，追著君莫舞去了。

君懷憂不知所措地看向君離塵。

「既然這樣，大家也不用介意。」君離塵抬了抬手，示意大家繼續用餐。

樂聲立即重新奏響，但席間詭異的氣氛卻更加濃重了。

「大哥。」君離塵終於在一片尷尬之中先開了口，「要是我沒記錯，大嫂已經過世多年了吧。」

君懷憂一愣，點頭說：「是，有十餘年了。」

「這麼多年，大哥就沒有想過續弦再娶？」君離塵一邊說，一邊意有所指地看向女眷坐著的席桌。「大哥是長子，家裡總該有個女主人的。」

聽到這個話題，他的兩個小老婆立刻把視線聚集到他的臉上，顯然是在等著看他怎麼回答。

「我是一直沒有想過。」君懷憂不太想回答，避重就輕地說。「我已經有了清遙，也不能算是無後了。」

「大哥如今年歲尚輕，家財豐厚，品貌雙全，卻偏偏不娶妻室，在青田那種小地方一定會招人議論吧。」

「流言蜚語何須理會。」君懷憂低下頭假裝喝酒，試圖躲避這個話題。「你就不要為我操心了。」

「如果大哥有意，我願意替大哥做媒，但凡這上京之中，不，天下不論哪一家哪一戶的千金閨秀，只要大哥喜歡，我都能為大哥覓得一段美滿姻緣。」

君離塵像是有些喝多了，半醉半醒地撐著頭看他。

「懷郎。」坐在君懷憂身邊的宋怡琳終於忍耐不住，伸手扯了扯他的衣袖。

「沒事。」君懷憂輕輕拍了拍她的手背，對著君離塵說：「就不用勞煩了。」

「為什麼？」君離塵半瞇起眼睛。「不會是為了這兩個小妾吧。」

說到「小妾」兩個字，他語氣格外輕佻，別說是怡琳和素言，連君懷憂也皺起了眉頭。

「大哥，你這兩個妾室雖然樣貌尚佳，但出身寒微，始終無法擔當正室之位，大哥這麼多年來都沒有把她們扶為正妻，也是這個原因吧。」

怡琳瞪大眼睛看著他，旁邊的素言則低下頭。

「離塵，你喝多了。」君懷憂皺著眉，不明白他為什麼要說這些刻薄的話。

「我的大哥，自然要找一個舉世無雙的人相伴白頭，這種世俗脂粉哪裡能配得上你？」君離塵一邊說話，一邊又舉起酒杯喝酒。

「你這個人到底……」怡琳剛要跳起來，就被周素言一把拉住，君懷憂也伸手按住了她。

「看著夜也深了，這裡還有女眷，不如就此散了吧。」君懷憂站了起來，對著君離塵說：「你少喝點酒，早點休息，明天還要上早朝呢。」

「你連自己的事都不關心，來關心我做什麼？」君離塵也站了起來，手中的酒杯卻未放下。

君懷憂四處張望了一下，沒看到在近處伺候的人，只能自己走上前拿過他手裡的酒杯。

「別喝了。」他把酒杯與桌上的酒壺都放到另一邊。

「都給我滾！」君離塵突然挑眉一喝，把所有人都嚇了一跳。

絲竹之聲驀然而止，樂伶們腳步凌亂地退了下去。

「那我們先走了。」被他嚇了一跳的君懷憂嘆了口氣，「我去把總管找來。」

「不行。」他伸出手，一把扣住君懷憂的手腕。

「離塵？你這是怎麼了？」君懷憂疑惑地看著他。

「我是叫他們滾，又不是叫你。」他把目光移到其他人身上，「我叫你們走，沒聽見嗎？」

「離塵，你別這樣。」君懷憂掙不開他，只能放軟聲調，「你喝多了，早點休息吧。我們這就回去了。」

「不行，他們走可以，但你得留下來，不然的話……」

說到這裡，君離塵突然放開他，一個人步履不穩地走開了。

「離塵，你在做什麼？」看他往廳外搭建在湖中的平臺走去，君懷憂覺得非常奇怪。「你要去哪裡？」

等君懷憂跟著走了出去，他已經爬上了平臺邊緣的欄杆。

「要是你跟她們走了，我就跳下去。」他搖搖晃晃地站在狹窄的欄杆上，彷彿隨時都會掉進湖中。

「你快下來。」君懷憂幾乎要被他嚇死了。「你別這樣，我不走就是了。」這湖水也不知道有多深，現在漆黑一片，掉下去可就糟了。

「那你叫他們走。」君離塵袖子一揮，得意地笑著。

君懷憂只能回過頭來，對已經目瞪口呆的其他人說：「你們就先回去吧，我留下來看著離塵。」

「懷……」怡琳剛要說話，卻被素言一把捂住了嘴。

「那我們和清遙就先回去了，相公好好照顧二叔吧。」說完，她拉著怡琳轉頭就走。

君清遙跟著走了兩步，又忍不住回過頭。

他看著君離塵眉目間的陰鷙嘲諷，不由背脊一寒，生出了滿心的不安。

「好了離塵，大家都已經走了，你下來好不好？」君懷憂走到君離塵跟前，朝他伸出手。

君離塵出神地望著那隻向自己伸來的手，又把目光移回那隻手的主人身上。

琉璃宮燈下，那人眉目如畫，俊美得不似真人。更令他失神的，是那人眼角眉梢毫不吝嗇的溫柔。

他忍不住伸出手，小心翼翼地握了上去。

君懷憂連忙用力，想把人從危險的欄杆上拉下來，但不知是因為慣性或其他原因，君離塵順勢撞了過來，他想要後退避讓，君離塵卻比他快了一步，輕巧地攬著他的腰旋了半圈，穩住兩人的身形。

怎麼身手這麼靈活？他不是喝醉了嗎？

這個念頭只在君懷憂腦中停留了幾秒，然後他就確定君離塵是真的醉了。因為君離塵把他的手貼到了自己臉上，還笑著說：「大哥，你好暖啊。」

暖什麼？明明是他的手比較涼，和君離塵的體溫相比……

「離塵！」他用另一隻手摸著君離塵的額頭，被炙熱的溫度嚇了一跳。「你怎麼在發熱？」

「發熱？」君離塵搖頭。「我沒有發熱。」

「你病了還要宴客？還喝那麼多酒？」君懷憂想，怪不得他今天的言行舉止總透著古怪，原來是生病了。「你一定是整日忙碌，累出病了。」

「我沒生病，只是有些頭暈，睡一覺就會好了。」君離塵不在意地說。

「那怎麼行。」君懷憂當然不會信他。「我這就去找人過來。」

「不用了。」君離塵緊抓住他的手不讓他離開。「我不要別人……」

「那我先送你回房，你躺下來會比較舒服一些。」君懷憂著急起來。「我馬上讓人找大夫過來。」

「不要了，我沒……」君離塵還想拒絕他。

「閉嘴。」君懷憂瞪著眼睛，用力拉了他一下。「跟我回房去。」

君離塵被他發狠的樣子唬住了，他趁著這個機會把人拉回房間。

等君懷憂找到總管，再讓總管找來大夫，到大夫為君離塵診治完畢，已經是三四個時辰之後的事了。

窗外天色已經由黑轉灰，過不了多久就要天亮。

「離塵，你睡一會。」他看著床上依舊神智清醒的君離塵，不由地感嘆，「我已經讓總管替你去朝中告病，你今日就好好休息吧。」

這人生病都沒有生病的樣子，除了在水閣裡用跳湖威脅自己外，一點反常的跡象都沒有。特別是在下屬和大夫面前，說話條理分明，一點也不像正在發著高燒。

「你喝的藥裡面有安睡的成分，你閉上眼睛，一會兒就會睡著了。」君懷憂輕聲和他說，但心裡忍不住懷疑那大夫醫術有問題，明明藥喝下去有一陣子了，君離塵的眼神還是十分清醒，完全不像想睡覺的樣子。

「你不再娶是因為你對亡妻用情至深嗎？」君離塵目光平穩，聲音更是沒有一絲沙啞。

君懷憂不明白他為什麼一直圍著這個問題打轉。

「你倒是回答啊。」看他沒有回答，君離塵心急地催促著。

「其實也不是，前些年我出了點意外，從前的事情都不太記得了，也不記得她長什麼樣子。」看他不依不饒的樣子，君懷憂只能老實地說，「而且我聽莫舞說，我和她一直相敬如賓，應該也說不上深情不深情之類的。」

「那為什麼既不續娶也不把妾室扶正？」君離塵一副打破砂鍋問到底的架勢，「是因為家裡有牡丹白蓮，你全都喜愛，不知該選哪一個嗎？」

「你是說怡琳和素言？」君懷憂笑了。「我都不記得從前的事情了，她們愛著的也是從前的君懷憂，我卻……反正我和她們之間，並沒有相互愛戀的那種感覺。」

「愛戀？」君離塵看起來有些迷惘。

「若是要相伴一生，不該尋一個傾心相愛的伴侶嗎？」

「傾心相愛？」君離塵越發迷惑了。「那是什麼意思？」

「我覺得你們這個時代……當下的人可能沒辦法理解我的想法。」或許是累了睏了，又或許是覺得君離塵看似清醒其實糊塗，他難得地吐露了心聲。「我想找一個我喜愛的，也喜愛我的人共度一生，就只有我和她，再沒有其他人。」

「那你的兩個妾室呢？」

「她們要是能遇上合適的人，我也不會攔阻她們；若是遇不上，我便把她們當做親人。」

「你說得簡單。」君離塵的目光幽暗下來。「若你這一生都遇不到那個人呢？」

「其實我沒有奢望能夠遇上，但也不願意放棄這個想法。」君懷憂對他微笑。「人生短暫，世界無垠，遇不上好像也是理所當然，但我想或許我運氣好，能夠遇到呢？我就再等等吧。」

「要是你真的遇上了呢？要是你終於找到了那個人呢？」

「那就和她一生一世，不棄不離。」君懷憂輕聲卻堅定地說。

君離塵像是被他的話給鎮住了，好一會沒有出聲。

「可是……」過了好久，君離塵又慢又輕地問，「要是那個人並不值得？要是那個人自私無情，甚至……」

「這個世上哪有完美的人，我也有缺點啊。如果我愛上了一個人，自然是因為她有值得被愛的地方，如果能遇到這個人，也不知該有多幸運，我一定會好好珍惜她，只要她願意留在我的身邊，我自然是要與她一生一世，不棄不離。」

君離塵望著他，神色之間突然露出了深重的疲憊。

「你想睡了嗎？」君懷憂善解人意地為他拉好被子，「不如睡一會兒吧。」

君離塵閉上眼睛，微微點頭。

君懷憂摸了摸他的額頭，高興地發現熱度已經退去了一些。

「你要去哪裡？」君離塵張開眼睛，一把抓住他的衣服下襬。

「水不夠涼。」剛剛站起來的君懷憂說，「我去換盆水過來，再替你擦一擦。」

「不用了，你陪著我就好。」

君懷憂只能坐回床邊，君離塵再次閉上眼睛，手卻抓住君懷憂的衣袖不放。

生了病要人陪著，這人居然也有這樣孩子氣的一面呢。

君懷憂不自覺地笑了起來，用手指挑開他貼在臉頰上的髮絲。

君家的孩子樣貌極好，但君離塵其實是他們之中長得最好的一個，只是這人平日裡氣勢太盛，估計也沒幾個人敢正眼看他，更別說對他的長相評頭論足了。

「明明可以靠臉，卻偏偏……」他本來想開個玩笑，但說到一半又停了下來。

可能還真是靠臉呢。他「嘁」了一聲，忍不住用手戳了一下他的臉頰。

這個傢伙明明又聰明又狠心又可怕，絕對說不上是個好人，可不知道為什麼又覺得他沒那麼壞，總覺得他有點可憐，有點孤單，還有點……讓人放不下他。

——《南柯奇譚之醉倚欄杆》完

高寶書版集團
gobooks.com.tw

BL031
南柯奇譚之醉倚欄杆

作　　者　墨　竹
繪　　者　Beni
編　　輯　任芸慧
校　　對　任芸慧
美術編輯　林鈞儀
排　　版　彭立瑋
企　　劃　方慧娟

發 行 人　朱凱蕾
出　　版　英屬維京群島商高寶國際有限公司臺灣分公司
Global Group Holdings, Ltd.
地　　址　臺北市內湖區洲子街88號3樓
網　　址　www.gobooks.com.tw
電　　話　(02) 27992788
電　　郵　readers@gobooks.com.tw（讀者服務部）
pr@gobooks.com.tw（公關諮詢部）
傳　　真　出版部　(02) 27990909　行銷部 (02) 27993088
郵政劃撥　50404557
戶　　名　三日月書版股份有限公司
發　　行　三日月書版股份有限公司/Printed in Taiwan
初版日期　2020年2月

國家圖書館出版品預行編目(CIP)資料

南柯奇譚 / 墨竹著.-- 初版. -- 臺北市：高寶國際, 2020.02-
冊；　公分. --

ISBN 978-986-361-762-4(上冊：平裝)

857.7　　108018684

◎凡本著作任何圖片、文字及其他內容，未經本公司同意授權者，均不得擅自重製、仿製或以其他方法加以侵害，如一經查獲，必定追究到底，絕不寬貸。
◎版權所有　翻印必究◎

三日月書版

三日月書版

GOBOOKS
& SITAK
GROUP©

GOBOOKS
& SITAK
GROUP©

GOBOOKS & SITAK GROUP©

GOBOOKS
& SITAK
GROUP©

三日月書版

三日月書版